Helen Christopher

Von Räuberhand

Roman

Zu diesem Buch:

Ein Sommer im Wald.
Ein Sommer der Liebe.
Ein Sommer, der alles verändert.

„Von Räuberhand" ist ein sozialkritischer Liebesroman mit
Thrill.

Autorenhomepage:
http://helen.michaelchristopher.de

Facebook:
http://www.facebook.com/helenundmichael.christopher

Kontakt:
h.m.christopher@anpa.biz

Helen Christopher

Von Räuberhand

Roman

Bibliografische Information der Deutschen
Nationalbibliothek:
Die Deutsche Nationalbibliothek verzeichnet diese
Publikation in der Deutschen Nationalbibliografie;
detaillierte bibliografische Daten sind im Internet
über www.dnb.de abrufbar.

Lektorat: Michael Christopher
Titelbild: Räuberwald © 2014 mch

Herstellung und Verlag: BoD – Books on Demand,
Norderstedt
ISBN: 9-783-734-74979-7

10 Jahre zuvor

Ihr Herz schlug bis zum Hals. Sie atmete drei Mal tief durch und umklammerte den Brautstrauß.

»Komm schon, mein Liebling, es wird Zeit.« Ihr Vater schenkte ihr ein wehmütiges Lächeln. »Jetzt bist du gleich nicht mehr mein kleines Mädchen.«

»Ach Papa, ich werde immer deine Kleine sein! Daran wird meine Hochzeit doch nichts ändern.«

»Du bekommst einen starken Mann mit gutem Einkommen. Ich werde dich gerne übergeben. Andreas wird bestens für mein Mädchen sorgen können.« Er küsste sie auf die Stirn.

Die Kirchentüren öffneten sich und Seite an Seite schritten Tochter und Vater den langen Gang entlang. Sie trug ein spitzenbesetztes weißes Kleid mit einer langen Schleppe. Der Brautstrauß leuchtete vor ihrer Brust. Am Ende des Ganges erwartete sie lächelnd der Pfarrer. Die Orgel jubilierte, die Gemeinde sang, aber die Braut hatte nur Augen für den großen Mann im schwarzen Frack, der ihr selbstbewusst entgegen trat und mit entschlossenem Griff ihren Arm nahm.

»Atemberaubend siehst du aus!«, flüsterte er ihr ins Ohr. »Ich kann mich glücklich schätzen, eine so tolle Frau zu bekommen!«

Ihre Wangen glühten vor Freude. Ihr Herz füllte sich mit Begehren, sodass sie sich kaum auf die Zeremonie konzentrieren konnte. Alles flog wie im Traum an ihr vorbei. Sie schaffte es gerade, an der richtigen Stelle »Ja, mit Gottes Hilfe« zu sagen und schon stand sie wieder vor der Kirche, umringt von ihren Verwandten und Freunden, deren Umarmungen und Gratulationen sie wie durch einen Schleier entgegen nahm. Dann stieg sie mit ihrem frisch Angetrauten in die weiße Kutsche und gab sich auf dem Weg zum Schloss, in dem das rauschende Hochzeitsfest stattfand, seinen leidenschaftlichen Küssen hin.

Zur gleichen Zeit, nicht weit entfernt …

Wieder hatte er die ganze Nacht wach gelegen. Sein Entschluss war gefasst. So konnte es nicht weitergehen. Niemals würde er zurückkehren, ein Leben ohne sie war ihm einfach nicht möglich. Er ließ sich ihre Bilder abermals durch den Kopf gehen. Die vielen glücklichen Momente kamen ihm wieder vor Augen. Er schüttelte sich. Alles Trugbilder, die nichts mehr mit der Wirklichkeit gemein hatten. Wie oft lag er wegen ihr wach. Wie oft hatte er sich wegen ihr in den Schlaf geweint.

Blindlings packte er seinen Rucksack. Stopfte ihn voll mit Klamotten, die ihm zufällig in die Finger kamen. Obenauf seine Zahnbürste, ein Stück Seife, sein Schweizer Taschenmesser und das Buch, das er am Morgen gekauft hatte: *Überleben im Wald*. Das Foto holte er aus dem Rahmen und schob es unter den Buchdeckel. Die glücklichste Zeit in seinem Leben, verbunden mit der Hoffnung auf eine strahlende Zukunft, die nun in Trümmern lag.

Ohne noch einmal zurückzublicken, verließ er die geräumige Altbauwohnung. Mit dem Abschließen der Wohnungstür schloss er auch die Vergangenheit ab. Als letzter Akt in der Normalität, die ihm nur noch fremd erschien, ließ er seinen Schlüsselbund in den Briefkasten fallen. Sein Schwager würde sich nun um alles kümmern: den Verkauf des Autos, die Auflösung der Wohnung, die Abwicklung seines fast 30-jährigen Lebens.

1

Im Haus war es ruhig geworden. Kein Wüten, kein Schreien, keine Beschimpfungen mehr. Andreas hatte die Haustür einfach hinter sich zugeknallt. Mal wieder. Wo er die Nacht verbringen und seinen Rausch ausschlafen würde, wusste sie nicht. Aber morgen würde er wie immer angekrochen kommen, mit Blumen, den ewig gleichen Entschuldigungen und seinen heiligen Versprechungen, die er sowieso nicht einhielt.

Er würde sich niemals ändern. Sie musste den Tatsachen ins Auge sehen: Sie war eine Frau von 32 Jahren, die sich weinend, mit blauen Flecken und aufgeplatzter Lippe in ihrem abschließbaren Kleiderschrank versteckte. Wenn sie es jetzt nicht endlich schaffte, von ihm loszukommen, würde sie es nie mehr schaffen. Ihr Leben wäre vergeudet. Noch könnte sie einen neuen Anfang starten und die Kinder bekommen, die sie sich sehnlichst wünschte.

Ein Plan musste her. Ein Plan zur Flucht. Die einzige Chance, die sie hatte. Wenn diese Flucht schief ginge, würde er ihr keine zweite Möglichkeit geben. Sie wäre auf ewig verloren, wenn sie überhaupt noch am Leben wäre. Nach den Erfahrungen der letzten Monate traute sie ihm alles zu.

Das äußere Bild des aufrechten, charmanten und hilfsbereiten LKA-Beamten war nur Fassade. Er war mit allen Wassern gewaschen und duldete keinen Widerspruch. Und in seinem Kopf hatte er sich Phantasiegebilde zusammengesponnen, die ihm zur Wahrheit geworden waren. Inzwischen wünschte sich Evelyn, sie wäre wirklich fremd gegangen, hätte all die Affären gehabt, die Andreas ihr andichtete. Dann hätte sie wenigstens etwas Spaß und Freude in den letzten Jahren gehabt.

Am Anfang ihrer Ehe spürte sie das enge Korsett, das sich um sie gelegt hatte, noch nicht. Sie durfte arbeiten gehen, hatte Ablenkung und soziale Kontakte. Andreas Kontrollzwang kam ihr erst nur etwas merkwürdig vor. Die Liebe zu ihm machte sie blind für die frühen Anzeichen seiner krankhaften Eifersucht. Doch nach und nach griffen Andreas Wahnvorstellungen tief in ihren Alltag ein. Es begann mit eigentlich harmlosen Nachfragen; was sie mit ihrer Freundin Tabea bei ihren wöchentlichen Treffen erlebte und wem sie unterwegs begegnet war.

Dann erlaubte er ihr nicht mehr alleine raus zu gehen, da sie mit fremden Männern flirten würde. Er kontrollierte ihr Handy und warf ihr Affären mit den Lesern in der Bücherei, in der sie arbeitete, vor. Sie musste innerhalb von zehn Minuten nach Arbeitsschluss zu Hause sein, sonst war er außer sich. Doch Ausleihungen in letzter Minute, ungünstige Ampelschaltungen und ein undichter Reifen an ihrem Fahrrad führten zwangsläufig immer wieder zu Zeitüberschreitungen, die Andreas nicht tolerierte.

Er zwang sie, ihre Kündigung einzureichen. Seitdem war sie auf das Haus beschränkt. Sogar ihren Vater hatte sie nur noch anrufen dürfen, wenn Andreas neben ihr saß und jedes Wort mitbekam. Nachdem ihr Vater dann fünf Jahre nach ihrer Hochzeit bei einem Autounfall ums Leben gekommen war, durfte sie schließlich gar nicht mehr telefonieren. Andreas Kontrollzwang wurde immer schlimmer. Jeden Abend ging er *auf Streife* durchs Haus und überzeugte sich davon, dass Evelyn den ganzen Tag geputzt, gewaschen und gekocht hatte. War eine Ecke schmutzig, unterstellte er ihr, sie hätte die Zeit genutzt, um mit dem Postboten eine Nummer zu schieben. Evelyn bemühte sich nach Kräften, jeden Winkel des viel zu großen Hauses auf Hochglanz zu halten.

Nur zum Einkaufen nahm Andreas sie mit nach draußen. Sie genoss die frische Luft und die Atmosphäre auf dem großen Parkplatz vor dem Supermarkt. Es freute sie, unter Menschen zu kommen, doch gleichzeitig bereitete es ihr Stress. Scheu lief sie neben ihrem Mann her, der mit dem Einkaufswagen die Richtung vorgab. Sie hielt ihren Blick gesenkt und versuchte ihm bloß keinen Anlass zu geben, ihr vorzuwerfen, mit irgendwem geflirtet zu haben.

Außerdem schleppte er sie mit zu Einladungen seiner Kollegen, bei denen sie herausgeputzt an seiner Seite sitzen musste. Der äußere Schein sollte selbstverständlich gewahrt werden. Doch in letzter Zeit häuften sich sichtbare Spuren seiner Wutausbrüche auf ihrer Haut. Deshalb nahm Andreas sie schon lange nicht mehr mit vor die Haustür.

Evelyns einziger Schutz war ihr Kleiderschrank. Ein altes massives Teil, das bislang jedem Wutausbruch von Andreas standgehalten hatte. Er war von innen wie außen abschließbar und sie verteidigte ihr letztes, von ihm nicht kontrollierbares, Refugium bis aufs Blut. Den Schlüssel versteckte sie an einem Ort, an dem er sie schon lange nicht mehr berührt hatte. Zum Glück war

Andreas an sexuellem Kontakt mit ihr schon seit Jahren nicht mehr interessiert. »Wo jeder Penner von der Straße schon drin war, halte ich meinen Schwanz bestimmt nicht mehr rein«, war einer seiner Lieblingssätze. Dennoch ging er mit Vorliebe am Wochenende in den Puff und rieb ihr anschließend seine durchgeschwitzten, nach süßlichem Frauenparfüm stinkenden Hemden unter die Nase. Auf den Gedanken, dass sie den Schlüssel immer bei sich trug, war er noch nicht gekommen. Unter ihren Tränen musste Evelyn bei diesem Gedanken grinsen. *Wenn das Schwein bloß wüsste …*

In rasender Wut hatte er schon mehrfach das ganze Haus auseinandergenommen, Fußleisten abgerissen, nach Geheimverstecken hinter Bildern gesucht, und jede Mehl-, Zucker-, und Kaffeedose in der Küche ausgeleert. Aber er war zu dämlich, um auf die nahe liegendste Idee zu kommen.

Und daher hatte Evelyn immer noch ihren Ort, wo sie Fotos von ihren Eltern und ihren Freundinnen, zu denen sie schon lange den Kontakt verloren hatte, sicher vor ihrem Mann aufbewahren konnte. Einen Ort, wo sie sich verkroch, wenn ihr Mann mal wieder völlig zugesoffen nach Hause kam.

Zum Glück war er leicht berechenbar. Wenn er abends nicht punktgenau um 18:30 Uhr zum Essen auftauchte, konnte Evelyn davon ausgehen, dass er erst ab Mitternacht nach Hause wanken würde. Also legte sie sich gegen halb zwölf mit ihrer Bettdecke in den Schrank und verschloss gewissenhaft die massive Tür. An Schlaf war in diesen Situationen natürlich nicht zu denken, aber den schlimmsten Gewaltausbrüchen konnte sie auf diese Weise ausweichen.

Heute war ihr das jedoch nicht gelungen. Überraschend tauchte ihr Mann kurz nach 21 Uhr auf. Übel gelaunt und aggressiv. Als Evelyn ihn hörte, war es schon zu spät. Er war, anders als sonst, nur angetrunken und noch sicher auf den Beinen. Schneller als sie es realisieren konnte, stand er bereits neben ihr in der Küche. Sie machte gerade den Abwasch und ließ vor Schreck eine Tasse fallen. Dies war für ihn Anlass genug, sie an ihren Haaren durch den Raum zu zerren. Im Flur stieß er sie gegen die Wand und zischte sie an:

»Es ist alles deine Schuld, du nichtsnutzige Schlampe!«

Evelyn zitterte und drückte fest den Schwamm, den sie noch immer in der Hand hielt. Wasser und Schaum quollen heraus und liefen ihr über den Rock.

»Du bist wirklich das Allerletzte!« Er riss an ihrer Bluse und schlug sie mit der Hand ins Gesicht.

»Aber ich habe nie …«, begann Evelyn zu stammeln, doch Andreas wollte nichts hören.

»Spar dir deine Ausreden. Du willst mir doch wohl nicht weismachen, du wärst das kleine süße Unschuldslamm. Wenn ich jetzt meinen Job verliere, wirst du mir das büßen!«

Bei seinen Worten schrillten Evelyns Alarmglocken. Etwas war geschehen. Andreas war heute nicht einfach aus der gewohnten Mischung aus Frust und Alkohol aggressiv.

Er stieß sie erneut gegen die Wand.

»Eine Razzia im *Rosi's*, das ist los! Und wenn du nicht mit jedem Mann in die Kiste steigen würdest und dich stattdessen anständig um mich gekümmert hättest, wäre ich nicht gezwungen, dort hinzugehen.« Er ließ von Evelyn ab und lief schnaubend im Flur hin und her. »Zum Glück war mein Kumpel Manfred dabei und hat nur so getan als würde er meine Personalien aufnehmen.« Mit einer schnellen Bewegung tauchte er mit geballter Faust wieder vor ihrem Gesicht auf: »Fang schon mal an zu beten, dass er mich aus der Sache raushalten kann!«

»Ins Bordell zu gehen ist doch keine Straftat.« Evelyn versuchte Andreas zu beruhigen, aber ihre Worte machten ihn nur noch wütender.

»Glaubst du, deine Meinung interessiert jemanden? Also halt verdammt noch mal deine Klappe!« Seine Worte unterstrich Andreas mit einem Faustschlag auf Evelyns Mund.

Ihre Lippe platzte auf und ihr Kopf flog erneut gegen die Wand. Blut floss an ihrem Kinn herunter. Dennoch fasste Evelyn in Bruchteilen einer Sekunde einen klaren Gedanken. Sie stellte sich ohnmächtig, sank zu Boden und blieb einfach reglos an der Wand liegen.

»Hey, sag was!«, schrie Andreas und stieß sie mit dem Fuß an. »Du bist doch von dem kleinen Anstupser nicht bewusstlos geworden, oder was?«

Evelyn lag still und starr und bemerkte mit Genugtuung, wie sich ein kleiner Funken Besorgnis in Andreas Stimme mischte.

Dann aber ging er einfach an den Kühlschrank, nahm sich ein Bier heraus und setzte sich vor den Fernseher. Evelyn wartete kurz und ergriff die Gelegenheit. Sie ignorierte das Blut, das von ihrem Gesicht tropfte sowie das Dröhnen in ihrem Kopf. Sie sprang auf und flitzte die Treppe hinauf, angelte den Schlüssel unter ihrem Rock hervor und öffnete den Schrank, noch bevor Andreas ihre Flucht realisierte und mit großen Schritten die Stufen hinter ihr hoch polterte. Sie sah ihn noch die Schlafzimmertür hineinkommen. Schnell schloss die den Schrank ab und vergrub ihren Kopf zwischen den Knien.

Mit den wildesten Beschimpfungen trommelte Andreas gegen die Schranktür. Evelyns Herz schlug wie wild. Sie versuchte sich aufs Atmen zu konzentrieren und sich zu beruhigen. *Langsam einatmen, langsam aus, ganz ruhig.* Sie war jetzt in Sicherheit. Er konnte ihr nichts mehr anhaben und für dieses Mal war die Auseinandersetzung mit ihm ausgestanden. Sie musste nur noch warten, bis er wieder zur Vernunft kam. Sie zog ein altes T-Shirt aus einem Fach über ihrem Kopf und drückte es gegen ihre Lippe um die Blutung zu stoppen. So konnte es nicht weitergehen. Nie wieder sollte ihr Mann die Gelegenheit bekommen, sie zu schlagen. Ihr Kopf ratterte bis in die frühen Morgenstunden, ehe sie in einen unruhigen Schlaf fiel. Ihr Plan stand fest.

Als Andreas am nächsten Mittag mit zehn roten Rosen und einer Schachtel Pralinen auftauchte, hatte Evelyn bereits ihren alten Rucksack aus der hintersten Schrankecke hervorgekramt. Sie hatte ihn zum letzten Mal bei ihrer Hochzeitsreise an die Algarve benutzt. Aber ein Zurückblicken gab es nicht mehr. Zu schmerzlich war die Erinnerung an die glückliche Zeit nach ihrer Hochzeit, an das tiefe Begehren, das sie füreinander empfunden hatten. Andreas konnte ihren Körper mit den kleinsten Berührungen zum Vibrieren bringen. Sie hatten sich stets mit intensiver Leidenschaft geliebt.

Sie fragte sich, wann der Punkt gekommen war, an dem ihr Mann sich verändert hatte. Oder hatte er sich gar nicht geändert? Hasste er ihren Körper nun mit der gleichen Hingabe, wie er ihn zuvor geliebt hatte? Liebe und Hass lagen so dicht beieinander, auf dem schmalen Grat der Leidenschaft. Schleichend hatte sich bei Andreas eine Schraube gelockert und er war auf die andere Seite gerutscht. Dabei waren sie doch so glücklich gewesen. Nie hätte sich Evelyn vorstellen können, dass ihre Ehe so enden würde. Doch das würde sie nun, denn genau an diesem Tiefpunkt zog sie endlich den Schlussstrich.

Sie hatte zunächst nur wenige Sachen in den Rucksack gelegt: eine Jeans, eine Bluse und ihre wenige persönliche Habe, die sie vor Andreas in Sicherheit bringen konnte. In den nächsten Wochen würde sie den Rucksack ganz langsam mit weiteren wichtigen Dingen füllen. Immer eine Sache nach der anderen, so dass Andreas keinen Verdacht schöpfte. Er hatte einen scharfen Blick und sah genau, wenn etwas nicht mehr an seinem Platz war. Wenn dann alles beisammen war, stand Evelyn jedoch die schwierigste Aufgabe noch bevor: an ihren Haustürschlüssel zu gelangen.

Er hing, seit Andreas ihn ihr vor elf Monaten abgenommen hatte, im Schlüsselschränkchen an der Tür. Das Schränkchen selber war mit einem Schloss gesichert und der Schlüssel dazu hing an Andreas Schlüsselbund, den er ständig bei sich trug, sogar nachts. Wenn Andreas doch bloß nicht so einen leichten Schlaf hätte. Aber irgendwie würde sie es schaffen!

Nach ihrer Flucht konnte sie bestimmt bei ihrer alten Arbeitskollegin Agnes unterkommen. Von Agnes aus würde sie ein Frauenhaus suchen. Zu Agnes, doch, das müsste gehen, auch wenn sie sich schon lange nicht mehr gesprochen hatten. Tabea würde viel zu viele Fragen stellen.

»Hey Schatz, hörst du mir eigentlich zu?«

»Äh, ja sicher. Danke für die Blumen.«

»Ich sag's noch mal. Es tut mir wirklich wahnsinnig leid. Das kommt nie wieder vor. Wir machen einfach einen ganz neuen Anfang.«

»Ja, ist gut«, sagte Evelyn nur. Sie mochte keine Diskussion mehr beginnen. Einfach abwarten und die nächsten Wochen durchstehen. Bloß keinen Streit mehr, bis sie Andreas verlassen hatte.

»Ja, Evelyn. Einen richtigen Neuanfang! Ich weiß, ich habe das schon oft versprochen und leider ist irgendwie nie etwas daraus geworden. Aber diesmal wird alles anders. Glaub mir, mein Schatz. Diesmal schaffen wir das!«

»Mhm.«

»Nein, Evelyn. Ernsthaft! Ich habe nachgedacht und mir ist einiges klar geworden. Du hast halt Bedürfnisse und die habe ich wohl nicht erfüllen können.«

»Ganz wie du meinst.«

»Ja. Ab sofort werde ich all deine Bedürfnisse befriedigen.«

»Schön. Ich mach dann mal das Essen, ist ja schon fast zwölf.« Evelyn versuchte, an Andreas vorbei, in die Küche zu gelangen. Doch er griff sie am Handgelenk und hielt sie zurück.

»Schau mich doch mal an!«

»So?« Evelyn hob den Kopf und blickte ihrem Mann ausdruckslos ins Gesicht.

»Oh je, deine Lippe sieht schlimm aus. War das etwa ich? Wie gesagt, es tut mir furchtbar leid.« Er zog sie in seine Arme und streichelte sie.

Evelyn lief es bei der Berührung kalt den Rücken herunter. Ewig schon hatte Andreas sie nicht mehr sanft berührt. Vor langer Zeit konnte sie gar nicht genug von seinen intensiven Zärtlichkeiten bekommen. Aber jetzt rührte sich gar nichts in ihr. Nicht einmal mehr Hass. Sie dachte nur an das Mittagessen.

Sie machte sich los.

»Ich mache Nudeln mit Hähnchen, ja?« Erneut versuchte sie Andreas zu umrunden, der sie jedoch wieder an sich zog.

»Vergiss das Kochen«, murmelte er ihr ins Ohr. »Du brauchst auch mal eine Pause. Es ist Sonntag, wir machen einen romantischen Ausflug. So wie früher.«

»Ach, nicht doch. Das Kochen macht mir keine Mühe.«

»Nein, ich sagte, wir machen einen Ausflug! Ich habe uns beim Bäcker einen Picknickkorb zusammenstellen lassen. Er steht schon im Kofferraum. Wir werden uns im Wald ein einsames Plätzchen suchen. Und dann ganz romantisch picknicken! Weit weg vom Alltag, ganz harmonisch. Wer weiß, vielleicht kommen wir ja auch wieder näher.« Er strich eine Haarsträhne aus Evelyns Gesicht.

»Wir wollten doch Kinder, Evelyn. Weißt du noch?«

Evelyn war starr vor Schock. Wie sollte sie aus dieser Nummer bloß wieder herauskommen?

2

Die ersten zarten Sonnenstrahlen fielen in die Höhle. Sie wanderten über die Wand und erreichten das Feldbett in der Ecke. Von der Helligkeit geblendet, drehte sich Vikram auf die andere Seite. Noch ein wenig Ausruhen, bevor er sich dem neuen Tag stellte. An Schlaf war nicht mehr zu denken, das Singen der Vögel hatte ihn schon lange geweckt. So ließ er einfach seine Gedanken treiben und genoss die Morgenstimmung.

Die Natur war ein viel besserer Wecker als jedes mechanische oder elektronische Ding, das klingelte, schepperte oder sonst wie schrillte. Der liebliche Vogelgesang war es, gepaart mit der streichelnden Wärme des frühen Sonnenscheins, der Vikram frohen Mutes den Tag beginnen ließ. Ganz gemütlich, ohne Hektik.

Er konnte sich glücklich schätzen. Nein, glücklich war nicht das richtige Wort. Denn glücklich war er nicht. Zufrieden, das war es. Er war zufrieden mit seinem selbstgewählten Leben. Es war einfach und sehr spartanisch, aber er hatte alles, was er zum Existieren brauchte.

Die ersten Monate waren hart gewesen, ohne Frage. Er schlief im Freien und war den Launen des Wetters schutzlos ausgesetzt. Doch dann hatte er, tief im Wald versteckt, eine kleine Lichtung entdeckt und am Rande dieser eine Höhle mit einem kleinen schützenden Felsvorsprung. Sein Paradies. Dieser Platz war herrlich unberührt und strahlte eine tiefe Ruhe aus. Genau das hatte er für seinen Seelenfrieden gebraucht.

Vikram gähnte ausgiebig und schälte sich langsam aus seiner Decke. Er zog Shorts und ein löchriges T-Shirt über und ging in den hinteren Teil der Höhle. Dort konnte er nicht mehr aufrecht gehen und krabbelte daher auf allen vieren zu der Ecke, in der die Lebensmittel lagerten. Hier blieb es auch im Sommer kühl genug für Butter, Milch und Käse. Er griff nach einem Tetrapack, krabbelte den Weg zurück, bis er sich wieder aufrichten konnte und trat vor den Eingang.

Erstmal einen Kaffee! In diesem Punkt unterschied sich sein neues Leben nicht von seinem alten. Vikram zündete einen Büschel Holzwolle an und legte einige Späne dazu. Als die Flammen züngelten, stapelte er Holzscheite darauf und hängte den kleinen Kessel, gefüllt mit Wasser und Kaffeepulver, an das dreibeinige Gestell über dem Feuer. In Ermangelung eines Filters hatte er sich angewöhnt, den Kaffee in seiner Tasse erst einmal stehen zu lassen. Wenn der Satz auf den Boden gesunken war, goss er vorsichtig Milch hinzu. Wenn er denn welche hatte. Alles war eine Sache der Gewohnheit. Man konnte sich auf so vieles einstellen. Auf so vieles verzichten. Und der Verzicht machte das Leben nicht ärmer. Ganz im Gegenteil: Vikram fühlte sich mit seinem Kaffee und der Zeitung, auch wenn sie schon einige Tage alt war, wie ein König, der nur seinem eigenen Willen unterstellt war.

Heute jedoch konnte er nicht den ganzen Tag entspannen. Es war Sonntag, er musste zur Kirche. Das Frühstück fiel daher kürzer aus als unter der Woche. Während der zweite Kaffee über dem Feuer köchelte, krabbelte Vikram erneut in seine Vorratsecke und holte sich den übrig gebliebenen Kanten Brot und das letzte

Stückchen Gouda. Er aß alles auf. Heute gab es ja Nachschub. Was genau, konnte man nie sagen. Aber Brot und Aufschnitt waren eigentlich immer dabei.

Vikram löschte das Feuer und sammelte den Müll, den er ein Stück von der Höhle entfernt in einer Felsspalte aufbewahrte, zusammen. Er achtete stets auf Sauberkeit, die seines Körpers, wie die seiner Lichtung. Am Waldrand stand ein Mülleimer, den er auf seinem Weg in die Stadt regelmäßig füllte.

Er schwang sich den Rucksack auf den Rücken und stapfte los. Der Weg in die Zivilisation war weit, er hatte einen ordentlichen Marsch vor sich. Am Rande des Waldes, auf einem Parkplatz für Wanderer, wartete sein Fahrrad auf ihn. Mit diesem bewältigte er den restlichen Weg in die Stadt. Er hüpfte mit seinem Gefährt über das Kopfsteinpflaster. Die Sonne schien und der Himmel strahlte in hellem Blau. Vikram flog nahezu den Bäumen entgegen. Heute war ihm leicht zumute, heute war ein guter Tag.

Er hatte hinter der Kirche drei volle Tüten mit Gemüse, Reis, Brot und Käse sowie einige Packungen Kekse erhalten. Sogar ein großes Stück Fleisch war mit dabei. In der nächsten Woche war Schlemmen angesagt! Er schickte ein Dankgebet ins Himmelblau. Die Besucher der Messe gaben ihre abgelaufenen, oder aus anderen Gründen nicht mehr gewollten Lebensmittel, vor dem Gottesdienst ab. Diese wurden an diejenigen verteilt, die sich rechtzeitig einfanden. Meist stand nur eine kleine Schlange an der Hintertür der Kirche.

Fast alle waren obdachlos, man kannte sich, redete aber kaum miteinander. Heute waren außer ihm nur zwei weitere Männer erschienen, daher war die Ausbeute für jeden entsprechend üppig. Im Sommer war das Betteln in der Stadt einträglicher und viele waren deshalb nicht auf die christlichen Gaben angewiesen. Sie organisierten sich lieber Geld, für Schnaps und Zigaretten. Vikram war das nur recht, so blieb mehr für ihn.

Er konnte es kaum erwarten nach Hause zu kommen. Mensch, was würde seine Rasselbande sich freuen. Gut anderthalb Stunden hatte er noch Zeit, bevor die Jungs eintrudelten. Pfeifend stellte er sein Fahrrad am Waldrand in den Ständer zurück und befestigte gewissenhaft das Schloss um Reifen und Rahmen. Nicht, dass es ein besonderes Ziel für Diebe war, mit seinen Roststellen und der Acht im Hinterrad, aber es war seine einzige Möglichkeit in die Stadt zu kommen und Lebensmittel zu besorgen. Sein Rad stellte für ihn die Verbindung zur restlichen Welt her.

Er lief ein kurzes Stück auf dem Hauptweg in den Wald hinein, dann schlug er einen schmalen Nebenpfad ein und verschwand immer tiefer im Gehölz. Damit niemand seine Behausung fand, wählte er jedes Mal einen anderen Pfad, um keine permanenten Spuren zu hinterlassen. Ein Trampelpfad, der die Spaziergänger genau zu seinem Zuhause führen würde, war sein größter Albtraum. Er tat alles dafür, niemanden auf seine Fährte zu locken. Er wollte so lange wie möglich ungestört in seinem Paradies leben können.

Nur die Jungs wussten, wo er wohnte, aber die würden ihn nicht verraten. Erst war es nur Karl, der vor drei Jahren zufällig über seine Lichtung gestolpert war. Vikram lud ihn zum Essen ein. Karls Gesellschaft tat ihm gut, nach sieben Jahren Alleinsein im Wald. Am darauf folgenden Sonntag kam Karl wieder und brachte seinen Kumpel Hermann mit.

Vikrams Sonntagsmahl sprach sich schnell herum, es trudelten immer mehr Männer ein und so wurde seine Essenseinladung zu einer regelmäßigen Einrichtung. Vikram war verblüfft, dass so viele wie er im Wald lebten. Inzwischen scharten sich etwa zehn Männer um Vikram. Nicht alle hatten sich wie er freiwillig für ein Leben im Wald entschieden. Die meisten waren aus irgendeinem Grund obdachlos geworden. Hinzu kamen zwei, drei Abenteurer, die nur im Sommer im Wald hausten. Im Winter lebten sie in ihren Wohnungen in der Stadt. Für sie war das Leben im Wald nur ein Event.

Karl und Hermann lebten wie Vikram aus freien Stücken im Wald. Sie hatten sich eine gemeinsame Holzhütte gezimmert. Die anderen lebten meist in Zelten im Wald verteilt, viele in kleinen Gruppen, aber so gut organisiert wie Vikram war keiner. Daher griff er ihnen bei Problemen gerne unter die Arme. Er half mit Tipps und Tricks und die Männer profitierten von seinen Koch- und Überlebenskünsten. Er kümmerte sich um die größeren und kleinen Probleme *seiner Jungs*, waren außer Karl und Hermann die meisten doch erst halb so alt wie er. Er genoss das Gefühl gebraucht zu werden. Und dass seine selbstgewählte Einsamkeit dann und wann durchbrochen wurde.

Im Gegenzug brachten sie ihm ihren Respekt entgegen und nannten ihn ihren *Häuptling*, auch wenn Vikram das nicht gerne hörte. Vikram wollte kein Anführer sein, sondern einfach nur in Ruhe leben. Nichts lag ihm ferner, als der Kopf einer Räuberbande zu sein.

Es ärgerte Vikram zudem, dass einige nichts als Blödsinn im Kopf hatten. Er wollte auf keinen Fall Aufsehen erregen. Warum mussten sie aus Übermut die Wanderer und Spaziergänger ärgern, ihnen Streiche spielen? Ihr ständiges Robin-Hood-Gequatsche ging ihm auf die Nerven. Aber auch wenn sie sich oft wie die Wilden aufführten, sie hatten das Herz am rechten Fleck.

Vor der Höhle angekommen, stellte Vikram seinen prall gefüllten Rucksack ab und entfachte erneut ein Feuer. Er packte die Tüten aus und angelte den großen Kessel von einem der Haken neben dem Eingang. Seine Töpfe und die Pfanne hatte er außen an der Höhle aufgehängt, damit kein Getier sich darin breitmachte. Mit dem Kessel und dem Gemüse ging er zu dem kleinen Wasserfall, der sich knapp 100 Meter oberhalb seiner Höhle über einen Felsen ergoss. Er füllte den Kessel und wusch Möhren, Kartoffeln und Lauch. Pfeifend trug er alles zu seiner Höhle zurück, hängte den Kessel über die Feuerstelle und machte sich daran, das Gemüse klein zu schneiden. Sein altes Taschenmesser leistete noch immer gute Dienste. Seit dem ersten Tag im Wald war es sein treuester Begleiter. Den Rest, den er zum Überleben benötigte, hatte er sich im Laufe der Zeit zusammengesucht. Mithilfe des Sozialladens konnte er sich ein gemütliches Zuhause einrichten. Freundlich und ohne Fragen zu stellen hatte man ihn dort begrüßt, und er ging noch immer mehrmals im Monat dorthin. Für wenig Geld organisierten die Frauen im Sozialladen für ihn das ein oder andere Nützliche, so wie das Bett oder die Töpfe. Wenn die hilfsbereiten Damen wüssten, dass sie ihm eine Höhle, und keine Wohnung, eingerichtet hatten. Sie wären schockiert.

Das Wasser kochte. Vikram schüttete zuerst eine Packung rote Linsen und einige Minuten später die Gemüse- und Kartoffelstücke in den Kessel. Das Fleisch wollte er frisch anbraten, wenn seine Gäste eingetroffen waren. Er war gespannt auf ihre großen Augen. So ein reichhaltiges Sonntagsmahl hatte es schon lange nicht mehr bei ihm gegeben.

Mit den neuen alten Zeitungen der vergangenen Woche setzte er sich auf seinen Klappstuhl in die Sonne. Die Frau des Pfarrers, die die Essensverteilung hinter der Kirche organisierte, bewahrte die ausgelesenen Zeitungen des Pfarrers für ihn auf. Vor einigen Jahren, beim Sommerfest der Gemeinde sprach sie ihn in ihrer fürsorglichen Art an und so kamen sie ins Gespräch. Sie wollte ihm aus seiner, in ihren Augen misslichen, Lage heraushelfen, doch Vikram verteidigte seinen Entschluss am Rande der Gesellschaft zu leben. Der eine Wunsch, den sie ihm unbedingt erfüllen mochte, waren die alten Zeitungen. So überreichte sie ihm jeden Sonntag ein gut verschnürtes Bündel. Mit seinem Taschenmesser durchtrennte er dessen Schnur und suchte sich die Montagsausgabe heraus. Auch wenn er sich vom normalen Leben verabschiedet hatte, die Fußballergebnisse vom vergangenen Wochenende interessierten ihn schon noch.

Eine halbe Stunde später war er auf dem neuesten Stand. Er ging zum Kessel, rührte den Eintopf um und schmeckte ihn ab: Salz, Pfeffer, Paprika und Kräuter, die er im Wald fand, mehr Gewürze hatte er nicht. Aber sie genügten, um aus allem, was er bekam, ein leckeres Essen zu zaubern. Auch diesmal mundete es ihm vorzüglich. Jetzt konnten seine Gäste endlich kommen. Er wartete und die Zeit verrann. Heute waren sie spät dran. »Komisch«, dachte er sich, »normalerweise gieren sie so nach dem Sonntagsmahl, dass die Ersten schon ankommen, wenn sie mein Essen nur riechen.«

Er holte sich die gusseiserne Pfanne vom Haken und heizte sie mit Öl ordentlich auf. »Nun gut, dann brate ich das Fleisch bereits an. Die Bande wird bestimmt bald eintrudeln.«

3

Wo um Himmels willen fuhr er mit ihr hin? Evelyns Gedanken überschlugen sich. Meinte Andreas das tatsächlich ernst? Wollte er wirklich mit ihr picknicken? Das wäre das erste Mal, dass er so etwas mit ihr getan hätte. Und wie ernst war es ihm damit, sich ihr wieder anzunähern? *Sogar körperlich?* Dabei hatte er sie so viele Jahre spüren lassen, dass sie ihn anekelte. Evelyn konnte das nicht glauben. Sie musste vorsichtig sein. Was war, wenn er ihr so nahe kam, dass er den Schlüssel entdeckte? Der Schlüssel musste weg!

»Andreas, mach mir bitte die Augenbinde ab. Die ist doch nicht nötig.« Sie versuchte ungezwungen zu klingen, merkte aber, wie ihre Stimme vor Angst zitterte.

»Nein Evelyn. Ich will dir eine Freude machen.«

Eine Freude machen? Wie kam er plötzlich auf diese für ihn ungewöhnliche Idee? Sie konnte sich nicht erinnern, wann er ihr das letzte Mal wirklich eine Freude gemacht hatte. Das musste schon Jahre her sein. Sie konnte seiner Wandlung nicht trauen.

»Ach, ich freue mich wahnsinnig«, heuchelte sie ihm vor. »Aber du weißt doch, dass mir im Auto mit geschlossenen Augen schlecht wird. Bitte, es ist doch auch eine Freude, wenn ich sehe, wo wir hinfahren.«

»Dann ist es keine Überraschung mehr!«

»Aber die vielen Kurven! Andreas, mir ist wirklich ein bisschen schlecht!«

»Keine Sorge, es dauert nicht mehr lange.«

»Könnten wir trotzdem kurz anhalten? Ich müsste mal auf die Toilette.«

»Hey, jetzt ist aber gut! Ich habe dir doch gesagt, dass wir gleich da sind. Verdirb mir bloß nicht die schöne Stimmung!«

»Okay, ist ja schon gut.«

Das war wieder der Andreas, den sie kannte. Sie wurde immer unsicherer, je länger die Fahrt dauerte. Was hatte er mit ihr vor? Sie durfte ihn nicht länger reizen, vielleicht wurde ja doch alles gut.

Andreas atmete tief durch und bekam sich wieder in den Griff.

»Es tut mir leid, ich wollte dich nicht anblaffen. Weißt du, ich freue mich sehr und kann es kaum erwarten, wie du reagierst. Daher kann ich jetzt nicht anhalten. Nachher, wenn wir angekommen sind, kannst Du schnell hinter einem Busch verschwinden.« Er tätschelte Evelyns Wange. Dann fügte er mit einem Grinsen hinzu:

»Oder wir verschwinden zusammen im Gebüsch.«

Sein tiefes, gepresstes Ausatmen machte ihr Angst. Was führte er im Schilde?

Das alles war sehr seltsam. Er würde nicht extra an einen abgelegenen Ort mit ihr fahren, um romantisch zu picknicken. Das hätte er schon die ganzen Jahre über machen können. Aber dafür war er entweder zu feindselig ihr gegenüber gewesen, oder zu betrunken. Und noch abwegiger war der Gedanke, er würde mit ihr Intimitäten austauschen. Also, warum brachte er sie in den Wald? Oder fuhren sie gar nicht dorthin?

Sie konnte mit verbundenen Augen nicht einschätzen, auf welchem Weg sie waren. Er könnte sie auch zur Müllverbrennungsanlage fahren und sie wüsste es nicht. Oh Gott! Evelyns Beine zitterten und ihr wurde nun wirklich schlecht. Das konnte sogar gut möglich sein! Vielleicht hatte er jetzt genug von ihr und wollte sie umbringen. Dazu sein merkwürdig freundliches Verhalten: Er wollte sie in falscher Sicherheit wiegen.

Aus ihrer Furcht wurde stille Panik. Der versteckte Schlüssel war nun ihr geringstes Problem. Sie musste fliehen, sobald sie eine Chance bekam. Oder Hilfe holen. Bloß wie?

Noch bevor Evelyn sich weitere Gedanken machen konnte, wurde der Wagen langsamer und sie hielten an. Die Reifen knirschten im steinigen Sand, der neben der Fahrbahn aufgeschüttet war.

»Ich habe dir doch gesagt, es dauert nicht mehr lange. Also, mein Schatz, wir sind da.«

»Gut, dann kannst du mir ja die Augenbinde abnehmen.«

»Nein, ich will dich erst zur richtigen Stelle führen. Warte, ich komme herum und mache dir die Tür auf. Du sollst dir ja nicht wehtun!«, sagte er in ruhigem und abgeklärtem Ton.

Die Fahrertür ging auf und fiel krachend wieder ins Schloss. Dann hörte Evelyn wie Andreas den Kofferraum öffnete. *Was holte er bloß daraus hervor?* Sie musste tief durchatmen, um nicht vollends verrückt zu werden. Aber sie konnte sich nicht beruhigen, denn nun knirschten seine Schritte von hinten kommend immer näher. Schon riss er die Beifahrertür auf und der Geruch nach Nadelbäumen und modrigem Boden ließ Evelyn erschaudern. *Ein Picknick im Wald? Wer kommt denn schon auf so eine Idee? Ein lauschiges Plätzchen am*

See oder auf einer sonnigen Wiese, das wären ideale Orte! Im Wald hat man anderes vor! Bäume haben keine Augen. Evelyn machte sich innerlich zur Flucht bereit, sobald eine Möglichkeit dazu gegeben wäre.

»So, vorsichtig, steig aus. Hier ist mein Arm, ich führe dich.« In Kavaliersmanier griff Andreas unter ihren Arm, zog sie aus dem Auto und legte dann seine Hand fest um ihre Taille.

Evelyn ging zögernd neben ihm her. Der Untergrund war uneben und sie kamen nur langsam voran. Sie wünschte, es würde schneller gehen, damit sie von Andreas Berührung loskam.

»Ist es noch weit?«, fragte sie ihn unsicher.

»Ein Stückchen noch. Aber mach ruhig langsam, wir haben schließlich alle Zeit der Welt.« Andreas setzte zu einem langen Seufzen an. »Ist es hier nicht romantisch?«

Wie zynisch konnte er bloß sein? Wenn Evelyn nicht blind Andreas' festem Griff ausgeliefert gewesen wäre, hätte der Ausflug eventuell etwas von Romantik haben können. Sie hörte die Vögel trällern und Wasser plätschern. Aber in ihrem Kopf ging nur die eine Frage herum: Was hatte Andreas vor? Wollte er sie im Wasser ertränken?

»Oh, Evelyn, deine Beine knicken ja weg. Entschuldige, war es so anstrengend? Ich wollte dich nicht überfordern. Keine Sorge, wir sind jetzt da.«

Sie blieben stehen. Andreas stellte etwas auf den Boden.

»Komm, setz dich hier auf den Stein. Es dauert nur noch eine Minute und du darfst wieder sehen.«

Evelyn spürte ihr Herz rasen. Sie hörte einen Bach

an ihr vorbei fließen. Wie groß er war und wie stark seine Strömung, konnte sie nicht einschätzen. Die innere Anspannung ließ ihr Herz galoppieren. Würde er ihr jetzt eins überziehen und sie dann ins Wasser werfen?

Sie hörte Andreas rascheln und klappern. Dann kam er zu ihr und stellte sich hinter sie.

»Okay, jetzt muss es leider sein!«

»Was?«, schrie Evelyn panisch auf.

»Ich nehme dir jetzt die Augenbinde ab.«

Von der langen Dunkelheit gezeichnet, sah sie am Anfang nur verschwommen. Doch bald konnte sie Ungewöhnliches entdecken. Zu Evelyns Füßen war eine rote Decke ausgebreitet, auf der sich etliche Snacks befanden: Honigmelonenscheiben mit Schinken, Käsespieße, Baguette mit verschiedenen Dips und eine Flasche Champagner. Im Hintergrund sah sie einen beschaulichen Bach.

»Freust du dich?«

»Klar!« Evelyn freute sich vor allem, noch am Leben zu sein. Die Anspannung legte sich und ihr Herz fand zu einem ruhigeren Rhythmus zurück. Sie versuchte ein fröhliches Gesicht zu machen. Er wollte sie wohl doch nicht loswerden.

Andreas beobachtete sie skeptisch.

»Wirklich? Du wirkst aber nicht so. Ich habe mir so viel Mühe gegeben, dann könntest du dich wenigstens mal freuen!« Andreas Stimmung kippte bereits wieder.

»Doch«, beeilte Evelyn sich zu sagen. »Es sieht alles herrlich aus. Das hast du super gemacht«, versuchte sie ihn und sich selbst zu überzeugen.

»Na, es sollte ja auch eine schöne Überraschung sein! Komm, setz dich neben mich auf die Decke.«

Andreas ließ ihr keine Zeit selber aufzustehen. Er zog Evelyn vom Stein hoch und zerrte sie hinter sich zur Decke. »Jetzt machen wir es uns gemütlich!«

Zögernd streckte Evelyn ihre Beine aus und versuchte entspannt zu wirken. Sie wurde heute einfach nicht aus Andreas schlau. Vielleicht meinte er sein Vorhaben tatsächlich ernst. Denn Mühe gemacht hatte er sich. Sicher, das Ergebnis war kein Highlight, ihre Stimmung nicht euphorisch, aber er hatte sich zumindest Gedanken um sie gemacht. Es war ja immerhin auch möglich, dass er sich diesmal wirklich geändert hatte. Vielleicht würde doch wieder alles gut zwischen ihnen. Ihre Gedanken wollten es glauben, doch ihr Herz sagte etwas anderes. Evelyn fühlte an ihrer Lippe und ein Schmerz durchzuckte ihr Gesicht. Das Leiden unter Andreas konnte sie nicht vergessen: seine Schläge, sein Psychoterror. Nein, sie hatte sich ein für alle Mal entschieden. Ihr Plan stand fest. Sie würde ihn verlassen. Auch wenn er es jetzt gerade in diesem Moment ehrlich meinte, alte Gewohnheiten würden sich einschleichen und irgendwann saß sie wieder mit einem blauen Auge in ihrem Schrank.

»Jetzt stoßen wir erst einmal mit Champagner auf unseren Neustart an!«

Andreas riss Evelyn aus ihren Überlegungen. Er nahm die Flasche und löste mit viel Show die Metallfolie und das Drahtgestell.

Der Korken schoss mit einem lauten *Plopp* heraus und durchschlug die friedliche Atmosphäre des Waldes. Die Vögel stoben davon und Andreas lachte laut, als der Champagner aus der Flasche sprudelte. »So habe ich mir das vorgestellt.«

Er musste immer übertreiben. Angeben und prot-
zen, damit er gut dastand. Doch hinter seiner Fassade
sah Evelyn das primitive und ordinäre Wesen, den
Typen, der keinen Stil hatte und nichts in den Griff bekam, auch wenn er es noch so gerne gehabt hätte. Evelyn fühlte sich von ihm abgestoßen.

Den Champagner füllte er in Plastikgläser. Für mehr
hatte es dann wohl nicht mehr gereicht.

Die Gläser machten beim Aufeinandertreffen statt
eines wohlklingenden *Pling* ein enttäuschendes *Tock*.
Eigentlich, dachte Evelyn, war genau dies das Sinnbild
ihrer Ehe. Andreas hatte am Anfang ihrer Beziehung
edel gewirkt, prickelnd: *Pling*. Doch als die Ehe geschlossen war, zeigte sich der billige Käfig: *Tock*.

4

»Auf uns!« Andreas nahm geräuschvoll einen Schluck.

In diesem Moment trat eine dunkle Gestalt hinter einem Baum hervor.

»Sieh an, sieh an. Da haben wir doch richtig gehört.«

Ein muskulöser junger Mann schlenderte betont lässig auf ihren Picknickplatz zu. In der Hand hielt er einen großen Stock, den er immer wieder in seine linke Handfläche klatschen ließ. Seine Jeans und sein T-Shirt waren fleckig, seine Schnürstiefel mit verkrustetem Matsch beschmiert. Sein Gesicht hatte er mit einer schwarzen Skimaske verdeckt, seine Augen waren kaum zu sehen. Dafür konnte Evelyn seinen Mund deutlich erkennen. Er grinste überheblich und blieb fünf Schritte vor Andreas stehen, ohne das Spiel mit dem Stock zu unterbrechen.

Hinter ihm tauchten weitere Männer auf, die sich zu einem Halbkreis formierten. Alle hatten mehr oder weniger ihr Gesicht mit verschiedenen dunklen Mützen oder Tüchern verdeckt. Mit dem Bach in ihrem Rücken waren Evelyn und Andreas nun von ihnen umzingelt.

Vor Schreck fiel Evelyn das Champagnerglas aus der Hand. Perlend floss das Getränk auf die rote Decke.

»Was habt ihr denn da Schönes? Wir haben auch Durst!« Der Kerl mit dem Stock in der Hand lachte hämisch und schaute sich zu seinen Kumpanen um. Dann fixierte er Andreas, der trotz der bedrohlichen Situation gelassen sitzen geblieben war.

Evelyn blickte zu ihrem Mann. Sie war auf einmal froh, dass sie ihn jetzt an ihrer Seite hatte. Er hatte reichlich Erfahrung mit schwierigen und gefährlichen Einsätzen. Er würde diese Situation sicher unter Kontrolle bekommen.

»Habt ihr mich nicht verstanden? Lasst den Schampus rüberwachsen! Aber dalli!« Der Mann fuchtelte nun mit dem Stock in der Luft herum.

»Ich wüsste nicht, dass es euer ist.« Andreas' Stimme wirkte ruhig, doch sein Gesicht glühte rot und die kleine Ader an seiner Schläfe pochte. Evelyn hatte diesen Anblick zu oft gesehen und wusste, dass er die Situation doch nicht mit Köpfchen lösen würde. Er stand kurz davor auszurasten.

»Jetzt ist es unsere Flasche! Wer Champagner säuft, hat es nicht anders verdient.«

Evelyn versuchte Andreas zu beschwichtigen. »Komm, geben wir ihnen die Flasche. Das ist es doch nicht wert!«

»Nee«, zischte Andreas zurück. »Mit mir legt sich keiner an! Schon gar nicht so heruntergekommene Waldräuber.« Andreas erhob sich von der Decke und baute sich mit verschränkten Armen vor der Gruppe auf.

»Aber die sind in der Überzahl, wir haben keine Chance!« Evelyn versuchte panisch auf Andreas einzuwirken. Dabei wusste sie, dass man ihm, wenn er so aggressiv war, nicht widersprechen durfte.

»Jetzt halt die Klappe! Das lass ich mir doch nicht gefallen!« Er schob Evelyn zur Seite und wandte sich den Männern zu.

»Was fällt euch eigentlich ein, ihr asoziales Pack!?«

Andreas krempelte sich die Arme hoch und stürmte auf den Mann mit dem Stock zu. Der konnte gerade noch seinem Fausthieb ausweichen. Bevor Andreas erneut ausholen konnte, stürzten sich die Männer auf ihn und hielten ihn zu viert fest.

»Hey, hey, immer schön ruhig bleiben, ja?! Gegen unsere ganze Bande kommst du sowieso nicht an«, tönte ein Typ, der sich die ganze Zeit im Hintergrund gehalten hatte. Er trug ein schwarzes Tuch um den Kopf gewickelt und sah aus wie ein Ninja. Evelyn versuchte ihre Angst im Zaum zu halten und schaute sich nun auch die übrigen Räuber an. Der eine hatte eine Warze an der Wange, ein Kleiner stechend blaue Augen und bei einem anderen konnte sie unter der Mütze graue Haare erkennen.

Der scheinbare Anführer fuchtelte nach Andreas Angriff noch drohender mit seinem Stock: »Also, wir fangen jetzt mal mit dem schönen Blubberwasser an und danach schauen wir, was sich in euren Taschen befindet!«

Evelyn wollte auf keinen Fall, dass die Situation eskalierte. Die Männer sahen nicht so aus, als ob sie Spaß machen würden. Sie hatte panische Angst. Hoffentlich würde Andreas nicht den Helden spielen. Seine Arbeit war das Eine. Beim LKA hatte er Kollegen, die ihm zur Not zur Seite stehen konnten. Aber hier waren sie beide allein. Sie gegen eine ganze Räuberbande? Nein, sie hatten keine Chance. Auch wenn Andreas damit nicht einverstanden wäre, sie würde den Männern jetzt die Flasche geben. Sie wollte keinen Widerstand leisten, denn so bestand wenigstens eine kleine Chance, heil aus der Sache herauszukommen.

Sie griff nach dem Champagner und ging zögerlich auf den jungen Sprachführer der Bande zu.

»Hey Evelyn, stell die Flasche zurück! Die Trottel haben nicht mal richtige Waffen! Völlig unprofessionell. Die können uns gar nichts anhaben!«

Der junge Mann verlor bei Andreas Worten nun vollends die Fassung und tickte richtig aus. Er fuchtelte hektisch mit seinem Stock und brüllte Andreas an: »Jetzt reicht's aber! Du Opfer hast hier überhaupt nichts zu melden!«

Evelyn konnte sehen, wie er unter seiner Mütze rot anlief. Er schien nun zu allem bereit. Bevor er ausholen konnte, trat sie schnell vor und reichte ihm den Champagner. Er riss ihr die Flasche aus der Hand, setzte sie sich an den Mund und trank einige große Schlucke, wobei ein Großteil über sein Kinn lief und auf den Waldboden tropfte.

»Gut, es geht doch! Jetzt sind wir auf der richtigen Spur.«

Derweil hatten seine Männer alle Hände voll zu tun, um Andreas festzuhalten. Er versuchte sich zu befreien und schlug wild um sich. Gleichzeitig beschimpfte er Evelyn.

»Du blöde Schlampe! Du bist zu nichts zu gebrauchen. Was hatte ich dir befohlen?«

»Hey, hey!« Der Ton vom Anführer wurde schneidend. »Habe ich dir erlaubt deine Schnecke zu beleidigen?« Mit einem gezielten Schlag boxte er Andreas in den Bauch. Andreas rang nach Luft und unterbrach seine Schimpftirade.

»Das war für ihre aufgeplatzte Lippe. Die hat sie doch sicher dir zu verdanken!« Der junge Mann schenkte Evelyn ein falsches Lächeln. »Sie ist so klug mit uns zu kooperieren. Was man von dir nicht behaupten kann.« Er schaute wieder zu Andreas, der inzwischen aufgegeben hatte, sich gegen seine Fixierung zu wehren. »Und jetzt lasst ihr uns noch eure Kohle herüberwachsen, dann sind wir auch schon wieder verschwunden.«

»Es tut mir leid, aber ich habe kein Geld«, stammelte Evelyn verunsichert.

»Ach, wenn ich dir das glauben könnte! Sieh dich doch an: schick angezogen und aufgebrezelt. Es lief grad so gut zwischen uns, also stell dich jetzt nicht blöd an!« Drohend baute sich der Anführer vor ihr auf. Evelyn schrumpfte immer mehr in sich zusammen.

»Nein, wirklich. Mein Mann verwaltet unser Geld«, erwiderte sie kleinlaut. Sie kam sich unsagbar dumm vor. Sie hatte nicht einmal eigenes Geld, um die Räuber zufriedenzustellen und sich damit zu retten.

Mit einem verständnislosen Blick drehte sich der Räuber zu Andreas und schaute ihm tief in die Augen.

»Meine Frau hat es nicht verdient, mit meinem Geld in der Tasche herumzulaufen. Und es ist ja auch besser so, sonst hätte sie jetzt schon alles verschenkt! Ich habe auch keins, das ist heute Morgen alles für unser Picknick draufgegangen«, antwortete ihm Andreas.

Der junge Anführer war amüsiert.

»Soso, die Dame darf kein Geld besitzen. Das sind ja Zustände wie im Mittelalter. Wer lebt denn heute noch so?«

»Na wir! Aber unsere edlen Spender mit Sicherheit nicht.« Der Mann mit den blauen Augen lachte laut über seinen eigenen Witz, die anderen fielen ein.

Andreas konnte es nicht ertragen, wenn sich jemand über ihn lustig machte. Da er sich im Griff der Männer kaum rühren konnte, verlegte er sich erneut aufs Brüllen.

»Ihr Schweine, elende Schmarotzer! Könnt ihr noch etwas anderes, als arglose Picknicker auszurauben?«

»Ausrauben?« Der Anführer der Räuber machte ein amüsiertes Gesicht. »Wir nennen es lieber *Umverteilen!*«

Seine Männer lachten laut und konnten nicht mehr aufhören zu grölen.

»Hey, ruhig Jungs. Wir sind hier in wichtigen geschäftlichen Verhandlungen, da ist ein wenig Ernst angebracht!« Mit einem Wink des Stockes brachte er seine Leute zum Schweigen. Er wandte sich wieder an Evelyn.

»Na gut, dann eben kein Geld. Dann reich uns mal deinen Schmuck herüber, Kleine.«

Kleine? Das war erniedrigend. Warum nannte der Typ sie *Kleine?* Er war mindestens zehn Jahre jünger als sie. Aber Evelyn traute sich nicht zu widersprechen. Sie bekam kaum mehr ein Wort heraus.

»Keinen Schmuck«, piepste sie.

»Was? Kein Geld? Kein Schmuck? Was ist das denn für eine Frau? Wovon will sich die Kleine dann Schuhe kaufen?«, höhnte der Mann. Evelyn fühlte sich zutiefst gedemütigt. Sie konnte ihre Tränen nicht mehr zurückhalten. Wie konnte Andreas sie nur so schlecht dastehen lassen?

»Und der Ehering?«

»Keinen Ring.« Evelyn starrte beschämt zu Boden. Sie war unendlich traurig, wie an jenem Tag, an dem Andreas ihr den Ehering abgenommen hatte, weil sie ihn seiner Meinung nach nicht mehr verdiente.

Der Anführer trat mit einer schnellen Bewegung auf sie zu und riss ihre Hände zu sich. Dann schleuderte er sie wieder weg. Evelyn verlor das Gleichgewicht und fiel auf den Boden. Sie hatte nicht die Kraft und den Mut sich aufzurichten. Sie verstummte und beschloss, lieber gar nichts mehr zu sagen. Sie würde warten, bis dieser Albtraum endlich vorbei war.

»Tatsächlich, kein Ring. So ein Mist! Verdammt, alles Zeitverschwendung!« Der Räuber benutzte noch weitere unschöne Ausdrücke. Evelyn hielt ihren Blick auf den Waldboden gesenkt und beobachtete eine Ameise, die ein riesiges Blatt transportierte. Sogar die Ameise hatte mehr vorzuweisen als sie selbst.

Auf einmal schrien die Männer, die Andreas festgehalten hatten, auf und stoben auseinander.

»Vorsicht! Er hat eine Waffe!«

Ängstlich lugte Evelyn nach oben. Einer der Männer rang mit Andreas. Seine Mütze war verrutscht und sie sah seine wallenden grauen Haare. Eine rot leuchtende Narbe zog sich über seine linke Gesichtshälfte. Seine Augen wirkten glasig. Er drückte Andreas Arm nach oben. In Andreas Hand glänzte eine Pistole. Lange würde der grauhaarige Mann nicht gegen Andreas ankommen können.

Evelyn ertappte sich dabei, dass sie nicht wusste, ob sie für ihren Ehemann oder den alten Mann, der mit ihm rang, halten sollte. Andreas war wild vor Zorn, aber er schaffte es nicht die Oberhand zu gewinnen. Zur Unterstützung seines Kumpels stürzte der Anführer der Räuber nach vorne, seinen Knüppel hoch erhoben. Evelyn sah, wie der Stock niedersauste, und hörte den dumpfen Schlag. Andreas sackte zu Boden. Die Pistole fiel ihm aus der Hand.

Evelyn starrte auf ihren Mann. Auf seiner Stirn klaffte eine Platzwunde. Blut sickerte auf den Waldboden. Doch statt Besorgnis oder Mitleid fühlte Evelyn Erleichterung. Das war ihre Chance zur Flucht. Sie musste nur ruhig auf dem Boden ausharren, bis die Männer das Weite gesucht hatten, dann konnte sie Andreas die Schlüssel abnehmen, schnell nach Hause fahren und ihre Sachen packen.

Hoffentlich fand sie alleine den Weg aus dem Wald heraus. Wenn sie doch nur wüsste, wo sie hier waren. Der Wald war dicht, die Wege verschlungen. Wie viel Zeit würde sie wohl haben, bis Andreas wieder zu Bewusstsein kam? Aber dann musste er zu Fuß gehen und würde sicher eine ganze Weile benötigen, um aus dem Wald hinaus zu kommen. Sie hatte also bestimmt einen ordentlichen Vorsprung. Das müsste doch zu schaffen sein!

Der Ninja beugte sich über Andreas und nahm sein Geld aus dem Portemonnaie.

»Von wegen kein Geld«, höhnte er. »Hier sind jede Menge grüne Scheine drin!«

Der Anführer trat neben ihn. Er hatte die Skimütze ausgezogen und wischte sich den Schweiß von seiner Stirn. Er war wirklich noch sehr jung. Bestimmt gerade mal zwanzig. Auch er begutachtete die Beute. Dann blickte er auf Andreas und das Ausmaß seiner Tat.

»Er lebt noch!«, meinte er erleichtert.

»Gut, dann schnell weg!« Der Ninja steckte das Portemonnaie in seine Tasche und verschwand im Wald. Ein kleiner untersetzter Mann folgte im.

Die anderen Männer scharten sich um den Anführer und blickten erschrocken auf Andreas hinab.

»Was machen wir mit der Pistole? Mitnehmen?«, fragte der Mann mit den blauen Augen.

»Nein«, der Anführer schüttelte den Kopf. »Wir brauchen sie nicht.«

»Und was ist mit meinen Fingerabdrücken? Vielleicht sind sie da drauf!« Der ältere Mann mit der Narbe war in Panik.

»Dann nimm sie halt mit und wir vergraben sie später.«

»Okay!«

»Was machen wir eigentlich mit der Frau? Können wir sie hier zurücklassen?« Evelyn fluchte innerlich. Warum musste der Blauäugige noch auf sie aufmerksam machen?

»Ach, Mist! Nein, eigentlich nicht. Sie hat uns ja gesehen.«

»Und wohin mit ihr? Was machen wir jetzt?«

»Wir bringen sie zum Häuptling. Wir hätten schon längst bei ihm sein müssen. Er wird wissen, was zu tun ist.« Der junge Mann gab erneut die Richtung vor. »Wir fesseln sie und verbinden ihre Augen.«

»Aber sie ist doch ganz ruhig«, wandte der grauhaarige Mann ein.

»Na und? Das kann sich schnell ändern.«

Evelyn brauchte eine Weile, bis sie verstand, was die Worte bedeuteten. Sie versuchte »Nein« zu schreien, aber aus ihrem Mund drang kein Laut. Schon war es zu spät. Der Mann mit den blauen Augen hatte sie gepackt. Zwei andere Männer stopften ihr Taschentücher in die Ohren, verbanden die Augen mit dem Tuch, das sie schon vorher von Andreas umgebunden bekommen hatte, und fesselten ihre Arme auf dem Rücken.

Starr vor Angst rührte sie sich nicht. Sie wurde auf die Beine gestellt und einer der Männer packte ihren Oberarm und zog sie mit sich. Schon wieder stapfte sie blind an der Seite eines Mannes durch den Wald, ohne zu wissen wohin und was mit ihr passieren würde.

5

Karl trat vor. Er wirkte schuldbewusst.

»Was ist denn, Karl? Was steht ihr da so rum? Kommt doch her und setzt euch endlich. Das Essen ist schon fast kalt!« Vikram war ungehalten. Eine ganze Stunde waren die Jungs zu spät. Und dann blieben sie wie ein Haufen Schuljungen angewurzelt am Rand der Lichtung stehen.

Er hatte riesigen Hunger und ärgerte sich, dass er nicht einfach schon in Ruhe gegessen hatte. Das Fleisch war inzwischen sicher zäh.

»Was ist denn los mit euch?«, fragte er erneut ungeduldig.

Irgendetwas war faul. Wenn sich die Männer so komisch verhielten, gab es mal wieder Schwierigkeiten. Und darauf hatte er heute wirklich keine Lust.

»Sorry, Häuptling. Wir sind da in ein kleines Schlamassel geraten.« Karl trat unsicher von einem Bein aufs andere. Der arme Karl. Ihn, den Ältesten, hatten sie mal wieder vorgeschickt. Dass er ein wenig zurückgeblieben war, nutzten sie weidlich aus.

»Aha. Ein Schlamassel! Und was soll ich mir darunter vorstellen? Habt ihr etwa wieder jemanden überfallen?«

»Wir haben es versucht …«

»Ihr seid doch Idioten! Wie oft habe ich euch gesagt, dass ihr das lassen sollt!?« Vikram war stinksauer.

Er hatte sich so viel Mühe mit dem Essen gemacht und sich auf einen geselligen Nachmittag gefreut. Und jetzt machten die Jungs ihm seinen schönen Sonntag kaputt.

Karl wollte zu einer Erklärung ansetzen, aber Vikram ließ ihn nicht zu Wort kommen. Zuviel Ärger hatte sich angestaut.

»Und warum müsst ihr das an einem Sonntag machen? Da dürftet ihr doch eigentlich keine Langeweile haben. Ihr kommt zu mir und schlagt euch den Bauch voll! Das sollte doch als Unterhaltung für einen Tag reichen, oder?«

»Chef, wir machen das nicht aus Langeweile. Wir machen das aus Überzeugung!«, rief Fritz empört und stürmte neben Karl auf die Lichtung.

Fritz war mit seinen zwanzig Jahren der jüngste der Bande und ein echter Hitzkopf. Trotzdem führte er sie an. Er erntete zustimmendes Gemurmel.

Vikram seufzte. »Soso«, bemerkte er spöttisch.

»Lasst mich raten, wie Robin Hood?«

»Ja! Die reichen Säcke haben es doch nicht anders verdient. Kommen bei strahlendem Sonnenschein her, zum *Spa-zie-ren-gehen* oder *Pick-nick-en*.« Fritz versuchte sich an einem blasierten Tonfall. »Einfach so, für ihr *A-mü-se-ment*. Trampeln überall rum und vermüllen unseren Wald. Aber wir, wir leben hier nicht zum Spaß, wir können bei Regen nicht einfach in unser Auto steigen und davon brausen!«

»Genau!« Patrick pflichtete Fritz bei und trat zur Unterstützung ebenfalls vor. Seine blauen Augen leuchteten vor Überzeugung.

Vikram stöhnte. Wie hätte es auch anders sein können? Seine Truppe war ein Haufen Chaoten. Eigentlich durfte er doch nichts anderes von ihnen erwarten. Ihre nächsten Schwierigkeiten waren schon länger überfällig gewesen.

»Okay.« Vikram verstand die Wut der beiden jungen Männer. Sie hatten es nicht leicht. Nicht jedem gefiel das Leben in der Natur so gut wie ihm.

Vikram lenkte ein, er wollte endlich essen.

»Wir wollen uns nicht streiten. Das Essen wird kalt. Setzt euch lieber endlich in Bewegung und kommt rüber. Dann finden wir beim Essen sicher in Ruhe eine Lösung für euer Schlamassel.«

»Ähm, Häuptling, da wäre noch was …«, druckste Karl herum.

»Wie, da wäre noch was?« Hat einer vergessen seine Kapuze aufzusetzen und ist erkannt worden? Und jetzt muss ich mir für einen von euch schnell einen Fluchtplan überlegen, oder was?« Vikram musste unfreiwillig schmunzeln.

Fritz war sofort wieder auf hundertachtzig.

»Das ist wirklich nicht lustig! Wir sind Profis!«

»Halt die Klappe, Fritz. Und sei mal ein bisschen netter zum Häuptling. Wir wollen jetzt wirklich nicht streiten. Dazu sind wir auch nicht in der richtigen Position.« Hermann versuchte wie immer zu beschwichtigen.

»Hör Du bloß auf. Ich habe doch deinen Kumpel Karl gerettet, während du nur blöd daneben standest!«, ereiferte sich Fritz.

»Was soll das heißen?« Vikram horchte bei den Worten auf. »Vor wem gerettet? Was ist denn passiert?«

»Keine Sorge, Häuptling. Alle sind wohlauf. Der Typ ist bestimmt schon wieder zu sich gekommen.«

»Und die Kleine sieht wirklich gut aus!«, lachte Fritz

anzüglich. Patrick und einige Männer stimmten ein.

Vikram atmete tief durch und versuchte nicht auszuflippen.

»Jetzt haltet mal alle den Rand! Von wem redet ihr da eigentlich? Was habt ihr getan?«

Hinten aus der Gruppe löste sich Heinrich. Behutsam führte er eine Frau auf die Lichtung. Sie hatte ihre Augen und Ohren verbunden, ihre Arme waren auf dem Rücken zusammengeschnürt.

Vikrams Stimme war nur noch ein gepresstes Zischen: »Sagt mal, habt ihr sie noch alle?! Ihr habt eine Frau entführt?«

Betretenes Schweigen breitete sich aus.

»Ich will nicht, dass meine Höhle entdeckt wird. Verdammt noch mal, das wisst ihr genau. Ich will hier im Wald so wenig Aufsehen wie nur möglich erregen. Und dann nehmt ihr eine Frau als Geisel und führt sie zu mir! Was habt ihr euch bloß dabei gedacht, verdammt!«

»Nee, Häuptling, das ist doch keine Geisel. Wir wussten nur nicht, was wir mit ihr machen sollten. Normalerweise erschrecken wir die Leute doch nur ein bisschen und nehmen ihnen ein paar Scheine ab. Die sind heilfroh, wenn wir sie wieder laufen lassen«, versuchte Hermann zu erklären.

Karl setzte seine Ausführungen fort: »Aber heute … Der Mann hatte auf einmal eine Pistole in der Hand. Da hat ihm Fritz mit einem Ast eins übergezogen.«

Hermann nickte anerkennend in Richtung Fritz.

»Die Frau ist doch jetzt eine Zeugin, oder so. Die könnte uns verraten. Also haben wir sie lieber mitgebracht, um dich zu fragen, was wir jetzt mit ihr machen sollen«, rechtfertigte sich Fritz.

»Und der Mann, lebt der noch?«, vergewisserte sich Vikram.

»Ja, keine Sorge, der war nur bewusstlos.«

»Mhm, gut für ihn, schlecht für uns! Wisst ihr eigentlich, dass in kürzester Zeit die Polizei hier sein und jeden Stein umdrehen wird? Das ist mein Albtraum, mein absoluter Albtraum.«

Vikram schüttelte verzweifelt den Kopf. Er wollte es nicht glauben. Wie konnten die Jungs bloß so unvorsichtig sein? Er widerstand seinem Impuls auf Fritz loszustürmen und ihm einen Faustschlag zu verpassen. Es hatte auch keinen Sinn die Männer anzuschreien. Jetzt musste gehandelt werden.

»Wo habt ihr das Paar überfallen?«, wollte er wissen.

»Ein ganzes Stück weg von hier. Bei der alten Mühle ganz im Norden des Waldes.«

Vikram seufzte erleichtert. Ein Funken Hoffnung keimte in ihm auf. »Na, wenigstens etwas Positives!«

»Häuptling, was machen wir jetzt mit ihr? Wir können sie ja nicht einfach zur Seite schaffen!«, meinte Fritz.

»Aber laufen lassen können wir sie auch nicht«, gab Patrick zu bedenken. »Die wird uns bestimmt verraten, wenn sie zurück in die Stadt kommt und wir haben den ganzen Wald voller Bullen!«

Vikram kratzte sich bedeutsam am Kopf. »Wir brauchen ein gutes Versteck für die Frau, bis Gras über die Sache gewachsen ist. Dann lassen wir sie laufen. Bis dahin können wir nur hoffen, dass die Polizei uns nicht auf die Spur kommt.«

Er grübelte. Ein Versteck musste her, ein gutes. Sie konnten ja nicht einfach ein Loch in den Boden graben und die Frau dort hineinlegen. Sie hatte bestimmt schon genug Panik. Stocksteif und still stand sie immer noch auf der Lichtung und traute sich nicht, sich zu bewegen. Vikram blickte sie von oben bis unten an. Etwas Komfort wäre nicht schlecht. Sie sollte nicht denken, sie seien Wilde. Und wer weiß, wie lange sie dort bleiben musste. Da kam ihm eine Idee.

»Karl? Steht deine alte Hütte eigentlich noch?«

6

Die Hütte, in der Karl gelebt hatte, bevor er sich mit Hermann zusammen eine geräumigere Unterkunft gebaut hatte, lag nur eine Viertelstunde Fußmarsch von Vikrams Höhle entfernt. Das war weit genug, um niemanden zu ihm zu locken, aber nahe genug, damit er sich um die Frau kümmern konnte. Das Beste war, dass die Hütte vollständig zugewachsen war. Zwischen all dem Grün, das sich in den Jahren des Leerstandes um sie herum gebildet hatte, war sie nur zu finden, wenn man von ihrer Existenz wusste.

Es war nicht zu erwarten, dass man die Frau im Wald vergessen würde. Ihr Mann würde in die Stadt eilen und die Polizei benachrichtigen. Zwar war die alte Mühle weit von hier entfernt, aber das ruhige und beschauliche Leben würde nicht mehr lange Bestand haben. Sie würden die Frau suchen. Sie würden Hundestaffeln los schicken und den Wald umkrempeln. Nicht den ganzen, denn dafür war er zu groß. Aber es konnte gefährlich für alle werden.

Deshalb musste Vikram die Männer wegschicken. Sie sollten ihre Zelte abbrechen und sich Unterkünfte in der Stadt suchen: bei Freunden, wenn sie welche hatten, oder in sozialen Einrichtungen. Widerstand duldete er nicht. Auch Fritz und Patrick beugten sich letztendlich seinem Befehl. »Wenn sich die Situation beruhigt hat, hole ich euch zurück in den Wald«, versprach Vikram.

Dann befahl er ihnen, unter keinen Umständen irgendjemanden etwas von der Sache im Wald zu erzählen. Nichts von dem Vorfall. Nichts von der Frau. Und nichts von ihm. Besonders Birger bläute er ein, seinen Mund zu halten. Er traute ihm und seinem Kumpel Flo nicht so uneingeschränkt, wie den anderen. Es waren schon Vorräte aus seiner Höhle verschwunden. Nichts Großes. Mal eine Ecke Brot, die nicht mehr auffindbar war, mal ein Stück Käse. Und immer war Birger, mal alleine, mal mit Flo zusammen, vorher bei ihm gewesen. Auch wenn sich Vikrams Verdacht nicht vollends bestätigen ließ, sein ungutes Gefühl den beiden gegenüber blieb.

»Du weißt, was passiert, wenn du etwas ausplauderst, Birger?« Birger schwor, dass Vikram und die anderen sich auf ihn verlassen konnten. Sein Gesicht wirkte unschuldig, er lächelte ihn an. Vikram klopfte ihm auf die Schulter. Vielleicht sah er Gespenster, die gar nicht da waren.

Nach und nach gingen die Männer zurück zu ihren Verstecken, holten ihre Habe und verließen den Wald in Richtung Stadt. Vikram überlegte, wen von ihnen er jemals wiedersehen würde. Aber die Situation war zu gefährlich. Nicht auszudenken, wenn die Polizei bei ihrer Suche im Wald auf einen von ihnen stieß. Menschenraub und schwere Körperverletzung, das waren keine Kavaliersdelikte. Am Ende hieß es noch, sie wären eine organisierte kriminelle Bande und er deren Kopf. Dann konnten sie sich sicher auf einige Jahre Knast einstellen. Wer von seinen freiheitsliebenden Männern die Zeit hinter Gittern überstehen würde, vermochte er nicht zu sagen. Er war sich nur bewusst, dass keiner von ihnen hier bleiben konnte.

Er schaffte es sogar Karl und Hermann zu überreden, den Wald zu verlassen. Er gab ihnen die Adresse seiner Schwester und seines Schwagers. Dort sollten sie Unterschlupf finden. Seine Schwester würde nicht begeistert sein, aber er war sich sicher, dass seine Grüße ausreichen würden, damit sie ihnen Unterschlupf gewährte. Bestimmt würde sie sich über das Lebenszeichen von ihm freuen und den beiden netten alten Herren eine Schlafstätte geben.

Karl und Hermann waren die Letzten an seiner Seite. Bevor er die beiden in die Zivilisation entließ, sollten sie sich oben am Wasserfall waschen und rasieren. Seine Schwester sollte beim Anblick zweier Waldmenschen schließlich nicht direkt die Tür wieder zuschlagen. Er händigte ihnen sein Duschgel aus und beobachtete, wie sie hinter den Bäumen verschwanden.

Dann brachte er die Frau, die in der Zwischenzeit, ohne sich zu rühren, auf der Lichtung stehend gewartet hatte, zu Karls Hütte. Diese war genau genommen vielmehr ein kleiner schmaler Schuppen. Vikram führte die Frau bedächtig ins Innere. Ohne Gegenwehr ließ sie sich von ihm leiten. Sie hatte bislang keinen Laut von sich gegeben. Sie wirkte starr vor Angst. Dabei hatte Vikram ihr wiederholt gesagt, dass sie keine Furcht haben müsse. Er würde dafür sorgen, dass es ihr gut ginge. Seine Stimme ließ er ruhig und besonnen klingen.

Die Frau war zart gebaut, hatte schmale Handgelenke. Die waren Vikram sofort an ihr aufgefallen. Auch ihre aufgeplatzte Lippe war nicht zu übersehen. Woher hatte sie die? Karl hatte ihm geschworen, dass keiner der Männer sie angerührt hatte. Und was Karl sagte, stimmte auch.

Vikram hatte die Hütte auf die Schnelle gefegt und von Spinnweben befreit. Dann hatte er in einer Ecke eine Decke ausgebreitet, die Frau dorthin geführt, ihre Hände losgebunden und ihre Ohren freigemacht.

»Die Augenbinde können Sie jetzt abnehmen. Ach, und schreien bringt nichts, hier wird Sie niemand hören. Aber das ist auch nicht nötig, wir werden Ihnen nichts tun.« Er sprach mit leiser Stimme, weil er sie nicht verschrecken wollte. Sie antwortete ihm nur mit einem »Mhm«.

Dabei blieb sie ruhig auf der Decke sitzen. Vikram befürchtete, dass sie unter Schock stand. Dennoch machte er sich schnell auf den Rückweg. Er hatte noch ein paar Schmerztabletten da, die würde er gleich mitnehmen, wenn er noch mal nach ihr sah.

Als er seine Höhle erreichte, kamen Karl und Hermann gerade vom Wasserfall zurück.

»Toll seht ihr aus! Und ihr riecht so gut!« Demonstrativ schnupperte Vikram an Karl, der nun tatsächlich nur noch nach Vikrams Duschgel roch. Der ansonsten obligatorische modrige Waldduft war gänzlich verschwunden. Die beiden hatten ihre Sache gut gemacht.

»Das steht euch wirklich ausgezeichnet. Nicht vergessen, das ab jetzt regelmäßig zu machen, hört ihr? Und wenn ihr irgendwann einmal in den Wald zurückkehrt, behaltet ihr das schön bei!«

»Ey ey, Häuptling! Hoffentlich kehren wir bald zurück!« Karl war dem Weinen nahe. Wie gut, dass Hermann so rührend auf ihn aufpasste. Da musste sich

Vikram keine Sorgen machen.

»Kopf hoch Karl, die Wochen werden schnell vergehen. Dann ist alles vergessen, ihr kommt wieder und wir feiern ein rauschendes Fest!«

Er schloss Karl fest in seine Arme, danach Hermann. In der nächsten Zeit würde es für Vikram recht einsam im Wald werden. Wie sehr hatte er sich an die Gesellschaft der Bande gewöhnt.

»Hier ist die Adresse. Ihr grüßt meine Schwester von mir, aber ihr müsst mir versprechen, dass sie nichts über mich erfährt! Sagt ihr, mir geht es gut. Das soll alles sein. Ich werde mich sobald wie möglich bei ihr melden.«

»Und wenn sie uns nicht reinlässt?«, schniefte Karl.

»Keine Sorge, sie wird euch bestimmt aufnehmen. Außerdem ist ihr Mann Sozialarbeiter. Der kann gar nicht anders, als zu helfen.«

Am Anfang seines neuen Lebens hatte Vikram seine Schwester einmal besucht. Die Stimmung war nicht gut gewesen. Er saß auf ihrer Couchgarnitur im Wohnzimmer. Marion drängte ihn zu erzählen, was er jetzt machte und wo er jetzt wohnte. Sie wollte unbedingt seine Adresse und Telefonnummer haben, um mit ihm in Kontakt zu treten. Aber er mochte nicht, dass sie erfuhr, wo er war. Und er wollte selbst bestimmen, wann er mit wem in Kontakt trat. Marion wurde wütend. Sie konnte nicht verstehen, dass Vikram alle Zelte hinter sich abgebrochen hatte. Dass er nun im Wald lebte, damit hätte sie nicht umgehen können.

Anders ihr Mann Rolf. Er hatte Verständnis und unterstützte ihn, ohne zu wissen, wo er lebte, was er machte und womit er sein Geld jetzt verdiente. Er blieb gelassen, obwohl er wahrscheinlich ahnte, dass Vikram keine feste Bleibe mehr hatte. Den Erlös aus Vikrams Habe hatte er, wie dieser ihm aufgetragen hatte, gespendet. Ohne großes Theater. Er war verschwiegen, verriet nicht einmal seiner Frau davon. Vikram mochte ihn sehr und war ihm dankbar. Er traf ihn alle halbe Jahre in der Stadt. Rolf lud ihn auf einen Kaffee ein, überzeugte sich von Vikrams Wohlergehen und beruhigt ließ er ihn danach seiner Wege ziehen. Es konnte alles so herrlich unkompliziert sein.

Aber Marion ... Sie war seine ältere Schwester und hatte sich schon als Kind viel um ihn gekümmert, wenn ihre alleinerziehende Mutter mal wieder keine Zeit gehabt hatte. Marion konnte nicht so einfach loslassen. Sie fühlte sich weiterhin für sein Schicksal verantwortlich. Vikram schickte ihr regelmäßig zu Weihnachten eine Postkarte und hoffte, sie auf diese Weise beruhigen zu können.

Vikram verließ damals ihr Heim mit einem unguten Gefühl. Sie hatten sich nicht im Streit getrennt, aber Marion fühlte sich gekränkt und mochte sich nicht von ihm verabschieden.

Er blickte Karl und Hermann ein letztes Mal in die Augen.

»Bis bald Kameraden!«

»Bis bald Häuptling!«

Er schaute ihnen nach, bis die Bäume sie verschluckt hatten. Dann ging er in seine Höhle und suchte das Nötigste zusammen: eine zweite große Decke, die Tabletten, ein paar Packungen Taschentücher, eine Dose mit dem inzwischen kalt und fest gewordenen Eintopf und zwei Flaschen, die er am Wasserfall füllte. Als er sich den Rucksack aufschnallte, fiel sein Blick auf die Kekse, die er von der Kirche bekommen hatte. Er steckte eine Packung ein, griff sich noch einen Eimer und stapfte los.

Er durchquerte das unwegsame Gelände zur Hütte und klopfte an die Tür. Er wollte ihren Namen rufen, aber ihm fiel auf, dass er ihn gar nicht wusste. Er fand das auch besser so. Er wollte nichts Persönliches von ihr wissen und sie sollte nichts Persönliches von ihm wissen.

»Alles in Ordnung bei Ihnen?«

Als Antwort erhielt er erneut nur ein stimmloses »Mhm.«

Die Tür wollte er nicht sofort aufsperren. Sie sollte ihn nicht sehen. Lieber kein Risiko eingehen.

Er fand unten neben der Tür eine kleine Lücke zwischen den Holzbalken. Auf Knien legte er seinen Kopf schief und lugte hinein. Im Inneren war es dunkel. Er konnte kaum etwas erkennen. Vielleicht hätte er eine Kerze mitbringen sollen. Heute Nacht würde es dort drinnen stockdunkel sein. Die Frau könnte sich ängstigen.

Seine Augen brauchten einen Moment, dann sah er sie doch. Sie saß immer noch in der Ecke und starrte auf die gegenüberliegende Wand.

»Ich habe noch eine Decke für Sie, damit Sie es sich gemütlich machen können. Und einen Eimer; Sie wissen schon, wofür.« Er schaute noch mal durch die Lücke. Die Frau blickte genau in seine Richtung. Sofort schnellte Vikram zurück. Sie durfte ihn doch nicht sehen!

»Bleiben Sie bitte in der Ecke und schließen Sie die

Augen!« Dann erst öffnete er mit einem lauten Quiet-
schen die Tür. Vikram schob die mitgebrachten Sachen
schnell ins Innere der Hütte und verschloss die Tür
wieder.

»Ich habe Ihnen etwas zu Essen mitgebracht. Sorry,
es ist schon kalt geworden. Ich hoffe, es ist genug.
Wenn nicht, es ist auch eine Packung Kekse dabei.«

Er hatte nicht gedacht, dass sie antworten würde,
doch mit einem Mal erklang von drinnen ein leises:
»Dankeschön!« Vikram war verblüfft. Sie hatte eine
angenehme, weiche Stimme.

»Danken Sie mir nicht. Es tut mir leid, dass wir Ihnen diese Umstände bereiten müssen. Sie brauchen
keine Angst zu haben. Keine Sorge, ich komme regelmäßig und bringe Ihnen Essen.«

Er schulterte seinen Rucksack und wollte schon
gehen, doch dann blieb er stehen und horchte auf die
Geräusche, die er hören wollte. Die Schritte der Frau
knarrten auf den alten Holzdielen. Sie holte sich seine
Sachen.

Beruhigt trat Vikram den Rückweg an. Auf halber
Strecke hörte er die Sirenen.

7

Sie starrte auf den Doseninhalt. Lecker sah das nicht aus. Im schummrigen Licht konnte sie nur eine braune Pampe erkennen. Aber sie hatte Hunger. Andreas hatte in all den gemeinsamen Jahren nicht einmal für sie gekocht. Anfangs führte er sie dann und wann mal zum Essen aus. Bis zum Eklat im *Chez Marie* vor ein paar Jahren, als Andreas den jungen Kellner windelweich geschlagen hatte, da dieser ihr, in seinen Augen, mit lüsternen Blicken eindeutige Angebote gemacht hatte. Seitdem musste Evelyn jeden Tag kochen.

Jetzt stellte dieser fremde Mann ihr ein selbst gekochtes Gericht hin. Auch wenn es nicht gut aussah, es roch verführerisch. Das Picknick heute hatte Andreas nicht selbst zusammengestellt. Am Ende hätte sie ihn noch dafür loben müssen. Doch selbst ein vom besten Bäcker am Ort zusammengestelltes Liebesglück-Picknick blieb letztlich immer lieblos. Zum Glück war sie um ein falsches Lob herum gekommen. Jedes Unglück hatte auch seine gute Seite.

Ihr Magen knurrte und sie tauchte den Löffel ins Essen. Linsen, Gemüse und Fleisch. Dass ein einfaches Essen so lecker sein konnte! Zum Nachtisch knabberte sie noch drei Kekse. Den Rest wollte sie sich lieber aufheben, wer konnte schon wissen, wann der Fremde ihr das nächste Mal etwas zu Essen bringen würde.

Im Wald wurde es nach und nach ruhig. Nur eine Eule konnte sie in einiger Entfernung rufen hören. Evelyn dachte über ihre Situation nach. Was machten

Räuber in diesem Wald? Räuberbande, das klang in ihren Ohren eher nach Mittelalter. Und wer war dieser Fremde? Die Räuber hatten ihn Häuptling genannt.

Ein Räuberhäuptling? Diesen Gedanken fand sie abwegig. Ein Mann, der im Wald thront und seine Leute unschuldige Passanten überfallen lässt. Damit hätte die Polizei doch sofort aufgeräumt. In einem solchen Wald hätte Andreas nie ein romantisches Picknick geplant. Oder doch? War das alles der perfide Plan ihres Mannes? Aber für so intelligent hielt Evelyn Andreas nicht.

Seitdem der Fremde aufgetaucht war, hatte ihre Angst deutlich nachgelassen. Die Panik, die sie in eine Art Schockstarre versetzt hatte, als die Männer sie gefesselt und mitgezerrt hatten, war einem mulmigen Gefühl gewichen. Die beruhigenden Worte des Mannes hatten ihre Wirkung bei ihr getan. Weshalb, das konnte sie selbst nicht sagen, aber seine Stimme klang ehrlich. Sie würde wohl einige Tage hier ausharren müssen, aber dann würde er sie sicher freilassen. Wenn die Männer ihr etwas antun wollten, hätten sie das doch längst getan.

Die Hütte wirkte ziemlich gemütlich. Nur das fehlende Licht war ihr unangenehm. Die Vorstellung von herumkrabbelndem Getier jeglicher Art war schlimm für sie. Es waren bestimmt Spinnen in dieser Holzhütte. Es wäre ihr lieb gewesen, wenn sie wüsste, wo sie sich aufhielten, ehe sie im Schlaf über ihr Gesicht krochen und sie erschreckten. Evelyn versuchte diese Gedanken auszublenden und es sich in der Ecke gemütlich zu machen. Die Geräusche des Waldes und seine Atmosphäre hatten eine seltsam beruhigende Wirkung. Vielleicht war es einfach die Tatsache, dass sie zum ersten Mal weg von Andreas war. Vielleicht waren ihre Gebete erhört worden und das hier war ihre Chance, endgültig von ihm loszukommen. Endlich allein, endlich nicht mehr seinen willkürlichen Launen ausgesetzt.

Zufrieden zog sie die Decke fest um sich. Der Boden war zwar hart, aber es war hier mehr Platz als in ihrem Schrank und sie hatte weniger Angst vor dem, was kommen mochte. Ihr Neuanfang hatte jetzt begonnen. In ein paar Tagen würde sie vor die Tür dieser kleinen Hütte treten und in die Sonne blinzeln. Wie eine Raupe, die zu neuem Leben erwacht und als Schmetterling ihrem Kokon davon fliegt. Die Räuber würden ihr nichts tun. Der Fremde hatte ein Auge darauf! Freudig erregt ließ Evelyn ihre Gedanken schweifen und malte sich ihre neue Zukunft rosig aus.

8

Vikram schlug die Augen auf. Er spürte ein komisches Kribbeln im Bauch. Es war ein merkwürdiges Gefühl. Ob es daran lag, dass zum ersten Mal seit Jahren wieder eine Frau in seiner Nähe war? Er kannte sie doch nicht einmal, faktisch gesehen war sie seine Gefangene. Bei diesem Gedanken lief es Vikram kalt den Rücken runter. Wie das klang: *Gefangene*. Nein, er durfte sie nicht als Gefangene sehen, sondern als Gast in seinem Wald. Ein Gast, für den er verantwortlich war und der sich trotz allem wohlfühlen sollte. Aber war das unter den gegebenen Umständen überhaupt möglich? Und selbst wenn, würde die Frau sie nicht letztendlich trotzdem verraten, wenn er sie in ein paar Tagen freiließe? Er musste nachdenken. Er war durcheinander.

Wahrscheinlich war es einfach die Tatsache, dass sich etwas verändert hatte. Seine Jungs waren nicht mehr im Wald; dafür: diese Frau. Sie war noch schutzloser als Karl, Hermann, Fritz oder Patrick. Er musste sie gut behüten. Der Gedanke eine wichtige Aufgabe zu haben, beflügelte ihn. Heute würde er sich besondere Mühe mit dem Frühstück geben. Es sollte ihr schmecken. Sie sollte keine Angst vor ihm haben. Er war ja schließlich kein Unmensch.

Die Polizei brauchte er erst einmal nicht zu fürchten. Die Sirenen, die er gestern Abend noch gehört hatte, waren nicht näher gekommen. Wenn sie bereits auf der Suche nach ihr waren, dann konzentrierte sich die Aktion wahrscheinlich zunächst auf die Stelle des Überfalls, ganz im Norden des Waldes. Hier, tief im Forst versteckt, wo sich, außer den anderen Waldbewohnern, in den ganzen Jahren bislang kaum jemand hin verirrt hatte, fühlte sich Vikram sicher.

Er schaute in die Bäume. Der Wind raschelte in den Kronen. Alles war friedlich. Er begab sich an das Feuer und kochte wie jeden Morgen erst einmal einen Kaffee. Die Hälfte füllte er in eine leere Plastikflasche. Der Kaffee würde zwar kalt werden und nicht mehr so gut schmecken, aber das war immer noch besser als gar keiner, dachte er sich. Vikram belegte vier Scheiben Brot mit Käse und Wurst, kramte aus seiner Kühlschrank-Ecke den letzten Joghurt und einen Orangensaft hervor und packte alles in seinen Rucksack. Selber aß er nichts, sondern machte sich nach seinem Kaffee direkt auf den Weg.

Angekommen bei Karls alter Hütte, klopfte er höflich an.

»Guten Morgen. Haben Sie gut geschlafen?«

Er bekam keine Antwort. Erst dachte Vikram, dass die Frau einen Weg gefunden hatte abzuhauen und geriet ein wenig in Panik, doch dann hörte er es rascheln.

Verschlafen murmelte sie ebenfalls ein »Guten Morgen«. Sie klang nicht ängstlich oder verärgert, stellte Vikram verwundert fest.

»Haben Sie den Umständen entsprechend gut geschlafen?«, wiederholte er seine Frage.

»Ja, ich hatte schon schlimmere Nächte.« Zaghaft drangen die Worte durch die Holzhütte.

»Tatsächlich?«

»Ja!«

»Gut. Das ist gut.«

Meinte die Frau das wirklich ernst oder hatte sie einen speziellen Sinn für Humor?

»Ähm, ich habe Ihnen Frühstück mitgebracht.« Er vergrößerte die Lücke neben der Tür, indem er einen Holzbalken löste, und schob das Essen durch den kleinen Spalt. Die Tür wollte er sicherheitshalber nicht mehr öffnen. Minimaler Kontakt zu der Frau erschien ihm sinnvoll.

»Danke! Das Essen gestern war sehr lecker. Haben Sie das selbst gekocht?«

Vikram war von der Freundlichkeit der Frau verblüfft. Was war das hier? Wollte sie ihn ablenken? War das ein Trick? Hatte sie einen Hammer im Schuppen gefunden und stand damit hinter der Tür? Er wurde misstrauisch.

Mit einem brüsken: »Ich komme heute Abend wieder, und wehe Sie machen Dummheiten!«, trat er überstürzt den Rückweg an.

9

Evelyn inspizierte ihre vorübergehende Bleibe. Die Morgensonne wurde immer kräftiger und endlich fiel genügend Licht in die winzige Holzhütte, um ihre neue Umgebung genauer unter die Lupe nehmen zu können. Der Raum war klein und lange nicht genutzt worden. Der Boden war nur provisorisch gefegt. Überall lag Dreck und Spinnweben hingen in den Ecken der Decke. Zum Glück konnte Evelyn keine Bewohner in den Netzen ausmachen. Es gab drei kleine Fenster, an jeder Seite eines, sowie die verschlossene Tür an der vierten Seite. Der Ausblick war eintönig: grün, grün, grün. Die Hütte war eingeschlossen von Bäumen. Direkt vor den Fenstern wucherten Farne. Sie musste tief im Wald sein.

Das Innere der Hütte bot Evelyn kaum Ablenkung. Außer einer alten Dose, in der jemand bunte Stofffetzen gesammelt hatte, einer vier Jahre alten Zeitung und einem kaputten Reisewecker hatte sie nichts zu bieten. Das Sammelsurium lag auf einem einfachen Holzbord, das neben der Tür auf Höhe der Klinke befestigt war. Nach den Spuren auf den Holzdielen zu urteilen stand darunter sicher mal ein Tisch.

Aus der Hütte könnte man sicher ein behagliches Zuhause zaubern. Evelyn überlegte kurz, ob sie es sich hier nicht einfach gemütlich machen sollte, auch wenn sie wieder frei war. Andreas würde sie hier bestimmt nicht finden. Aber den Gedanken verwarf sie schnell. Woher sollte sie die notwendigen Materialien holen? Würde der Fremde in die Stadt fahren und eine Einrichtung für sie besorgen? Außerdem, jetzt im Sommer konnte man hier wohl noch wohnen, aber spätestens im Herbst würde es viel zu kalt sein. Auch müssten die nahe an der Hütte stehenden Bäume und Sträucher gerodet werden, um mehr Sonnenstrahlen hineinzulassen.

Und überhaupt, sie konnte nicht einsam im Wald leben! Es gab hier keine Gelegenheit sich zu waschen. Und keine Toilette. Es war ihr ja schon unangenehm genug, den Eimer zu benutzen.

Eine kleine Einzimmerwohnung mitten in der Stadt war genau das Richtige für sie. Keine weiten Wege und Einkaufsmöglichkeiten vor der Haustür. In der ersten Zeit würde sie sicher nicht viel unterwegs sein wollen, um Andreas nicht zufällig zu begegnen. Und in einem der Touristen-Läden in der Altstadt würde sie bestimmt Arbeit finden können. Zumindest falls ihr Traum, zurück in die Bibliothek zu kehren, sich nicht erfüllte.

An der Rückwand der Hütte war ein großer Holzbalken, der Evelyns Aufmerksamkeit auf sich zog. Er befand sich genau in der Mitte und hing unten schief nach innen gebogen. Sie kniete sich auf den Boden und ging mit dem Gesicht nahe heran, um ihn genauer zu begutachten. Sie musste lachen. Das Holz war morsch. Sie müsste nur ein paar Mal kräftig daran rütteln, dann würde der Balken sicher unter ihren Händen wegbrechen. Mit ihrer Figur wäre es ein Leichtes, sich anschließend durch die Lücke zu zwängen. Aber sie verspürte keinen Drang zu fliehen. Wohin sollte sie auch gehen?

Der Tag zog sich in die Länge. Evelyn konnte nicht lange still sitzen und tigerte auf und ab. Sie brauchte

Bewegung, aber die Hütte ließ ihr gerade einmal Raum für fünf Schritte hin und fünf Schritte zurück. Sie dachte an die schroffen Worte des Mannes: *Und wehe Sie machen Dummheiten.* Welche Dummheiten sollte sie denn hier machen?

Sie drehte seine Worte in Gedanken immer wieder hin und her. Dachte er, sie sei nur eine dumme Frau? Warum war er auf einmal so unfreundlich zu ihr gewesen? War er launisch, wie Andreas? Der Stimmungsumschwung des Mannes hatte sie verunsichert. Musste sie sich nun ernsthafte Sorgen machen? War sie etwa doch in Gefahr?

Aber sie fühlte sich gar nicht so. Paradoxerweise fühlte sie sich seit langer Zeit endlich frei und unbeschwert. Vielleicht trübte die Freude über die Freiheit von Andreas ihr Urteilsvermögen. Immerhin war sie gekidnappt worden und wurde tief im Wald versteckt gefangen gehalten! Das musste sie sich immer wieder in Erinnerung rufen. Eigentlich sollte sie eine Heidenangst haben! Stattdessen grübelte sie nur über die harsche Ansage des Mannes. Was war auf einmal in ihn gefahren? Gestern war er noch so nett zu ihr gewesen. Seine harten Worte passten nicht zu ihm. Das Frühstück war liebevoll zusammengestellt gewesen. »Von Räuberhand«, dachte sie. »Aber so lecker!«

Als die Nacht sich ankündigte und das Licht schwächer wurde, machte sie es sich in der Ecke bequem. Sie kramte in ihren Erinnerungen nach Gedichten und Liedern, mit denen sie sich selbst unterhalten könnte, aber ihr Gedächtnis gab nicht viel her. Einzig das Kindergartenlied, das sie dort bei schlechtem Wetter immer gesungen hatten, kam ihr in den Sinn:

»Liebe liebe Sonne, komm ein Stückchen runter, lass den Regen oben, dann wollen wir dich loben. Einer schließt den Himmel auf, dann kommt die liebe Sonne raus.«

Evelyn sang es leise vor sich hin. Niemand sollte sie hören. Sie mochte nicht auf sich aufmerksam machen. Nicht nur, um den Mann nicht zu verärgern, sie selbst wollte auf keinen Fall gefunden werden. Die Polizei hatte sicherlich schon eine Großfahndung nach ihr eingeleitet und sie hoffte inständig, dass diese ohne Erfolg blieb. Nachher fand sie ein Kollege von Andreas und brachte sie auf direktem Weg zu ihm zurück. Nein, sie versuchte sich leise und ruhig zu verhalten. Ihr neues Glück sollte nicht vorbei sein, ehe es richtig angefangen hatte. Hoffentlich hielt der Mann sein Versprechen.

Es musste jetzt schon Abend sein. In der Hütte war nur noch schummriges Licht. Ihr Magen knurrte fürchterlich. Sie war es nicht gewohnt, so lange nichts zu essen und konnte das versprochene Abendessen kaum erwarten.

Dennoch erschrak sie fürchterlich, als es an der Tür klopfte und die tiefe Stimme des Mannes ihr einen »Guten Abend« wünschte. Sie musste wohl kurz eingenickt sein und hatte ihn nicht kommen gehört. Sie setzte sich abrupt auf:

»Guten Abend. Schön, dass Sie kommen. Mein Magen knurrt schon.«

»Ich dachte das Brot reicht über den Tag.« Sein Tonfall klang abweisend, dahinter glaubte Evelyn jedoch, eine gewisse Fürsorge mitschwingen zu hören.

»Vielleicht können Sie mir morgen früh einfach eine

Scheibe Brot mehr geben.«

»Natürlich, gern.« Der Fremde wirkte betont freundlich. Oder war es nur Hohn, den er für ihre Wünsche übrig hatte?

Evelyn hörte, wie der Mann ihr erneut etwas durch die kleine Öffnung schob.«

»Mhm, das duftet sehr gut. Haben Sie wieder selbst gekocht?« Auf ihre Frage folgten Sekunden der Stille und sie dachte schon, er würde sie ohne eine Antwort hier zurücklassen. Doch dann erklang seine Stimme erneut.

»Heute gibt es nur Tomatensuppe aus der Dose. Ich habe Ihnen aber noch ein paar frisch gepflückte Kräuter darüber gestreut. Können Sie mir die leere Box von gestern und die Flaschen raus schieben?«

»Einen Moment.« Evelyn erhob sich und schob das Gewünschte zögerlich durch die kleine Öffnung. Dann griff sie ihr Abendessen und blieb mit klopfendem Herzen mitten in der Hütte stehen.

»Tomatensuppe, das klingt gut. Vielen Dank.« Sie biss sich auf die Lippen und horchte gespannt auf eine Antwort.

»Ich mach mich mal wieder auf den Rückweg.«

»Oh.« Evelyn war von der erneut brüsken Verabschiedung enttäuscht. »Warten Sie kurz! Ich habe noch eine Bitte.«

»Ja?«

»Hätten Sie vielleicht eine Taschenlampe für mich? Hier drinnen ist es schrecklich dunkel. Und ich könnte ein Buch oder eine Zeitung vertragen. So ganz ohne Ablenkung ist es alleine doch recht langweilig. Und eine Zahnbürste hätte ich ebenfalls gerne.« Evelyn biss sich vor Anspannung erneut auf die Lippen. Draußen blieb es ruhig.

»Und wenn es nicht zu viel für Sie ist, bitte auch etwas, womit ich den Boden fegen kann.« Sie lauschte angespannt auf seine Reaktion. Ihre Lippe schmeckte blutig.

»Lampe, Bücher, Zahnbürste und einen Feger. Habe ich notiert. Ich werde mich morgen darum kümmern. Schlafen Sie gut!«

Evelyn hörte nur noch das Rascheln der Farne, dann war der Mann schon wieder weg. Sie seufzte. Sie war enttäuscht, dass er erneut so schnell verschwunden war. Sie hätte gerne noch ein wenig Ablenkung gehabt. Dabei war sie tagelange Einsamkeit ohne jegliche Kommunikation gewohnt. Da hatte sie aber wenigstens Radio und Fernseher, die ihr menschlichen Kontakt vorgaukelten. So ganz ohne Unterhaltung fühlte sie sich schrecklich allein. In der Dunkelheit. In der Hütte mitten im Wald.

10

Die ersten Sonnenstrahlen hatten Vikram bereits früh geweckt. Er machte sich auf den Weg und erreichte den Wandererparkplatz zeitig. Er kramte den Fahrradschlüssel aus seiner Hosentasche. Mit raschen Bewegungen befreite er das Rad aus der Umklammerung des Schlosses und schwang sich auf den Sattel. Als er auf den Hauptweg, der ihn aus dem Wald herausführte, einbog und den Schutz der Bäume verließ, legte sich der Nieselregen wie ein Schleier über sein Gesicht. Der Regen passte zu Vikrams Stimmung. Die Nacht war unruhig gewesen, er hatte sich hin und her gewälzt und über sich selbst geärgert. Warum hatte er nicht daran gedacht, der Frau eine Lampe und etwas zu lesen mitzubringen? Das wäre doch eigentlich selbstverständlich gewesen. Die Arme, den ganzen Tag allein in der finsteren Hütte. Er hätte sich selbst ohrfeigen können. Und dann auch noch viel zu wenig zu essen. Und keine Zahnbürste! Er war richtig sauer auf sich selbst. Um seine Gefangenen muss man sich kümmern, besonders wenn es eine zierliche Frau ist. »Ein Wunder, dass sie nicht ständig jammert und weint«, dachte er sich.

Vikram war sich unsicher, wie er ihr gegenüberträten sollte. Er durfte nicht zu streng mit sich selbst sein.

»Wer ist schon in der Lage, die Wünsche einer Frau zu erahnen?«, murmelte er vor sich hin.

Zudem hatte er aufgrund der Situation so viel um die Ohren gehabt, dass er einfach keinen freien Kopf mehr hatte. Fast den ganzen Tag hatte er gebraucht, um den Vorplatz seiner Höhle aufzuräumen. Alle Kochutensilien und die Sitzgelegenheiten musste er tief in seiner Behausung unterstellen, damit seine Unterkunft nicht von der Polizei entdeckt werden konnte. Wahrscheinlich war es nicht, da es hier, so tief im Wald, kaum noch Wege gab und sich kein Offizieller mehr um diesen verwilderten Waldbereich kümmerte. Aber gerade deshalb war es natürlich wiederum nicht so unwahrscheinlich, dass die Polizei doch bei ihm auftauchen würde. Hier war einfach der beste Ort für ein Versteck.

Den Boden vor seiner Höhle hatte Vikram daher mit Moos, Blättern und Zweigen ausgelegt. Er hoffte, dadurch alle Spuren seiner Existenz verdeckt zu haben. Sollten bei ihm tatsächlich Uniformierte auftauchen, würde er einfach in seinem Bett ausharren. Den Eingang zu seinem Reich würden sie nicht finden.

Als er den Bücherschrank erreichte, ließ der Regen endlich nach. Vikram betrat die mit Bücherregalen bestückte Telefonzelle und sah sich in Ruhe um. Heute hatte er nach langer Zeit mal wieder Glück. Ein netter Mensch hatte etliche gut erhaltene Bestseller hineingestellt. Schätzings Schwarm war darunter und zwei Krimis von Elizabeth George. Die beiden Krimis waren für die Frau bestimmt das richtige Lesefutter, um die nächsten Tage nicht in Langeweile zu versinken. Und für die anderen Bücher würde er sicher ein paar Euro bekommen. Er packte acht Bücher in eine Plastiktüte und schnallte sie vorsichtig auf seinen Gepäckträger. Dann radelte er beschwingt in Richtung Innenstadt und hielt vor dem kleinen Fachwerkhaus, in dem Arno seinen *Bücher-Second-Hand* betrieb.

»Hallo Vikram, was bringst du mir heute Schönes mit?« Arno begrüßte Vikram mit einem breiten Lächeln und einem kräftigen Händedruck.

»Hallo Arno, heute sind wirklich ein paar kleine Schätze dabei. Die wirst du sicher gut verkaufen können!« Vikram nahm auf dem alten Biedermeier-Sofa platz, das in der Ecke neben der Tür stand.

»Na, dann pack deinen Fang erst einmal in Ruhe aus. Ich hol uns derweil einen Kaffee. Du siehst aus, als könntest du eine warme Ruhepause gebrauchen. War zwar nur ein Sommerregen, aber nass ist nass, was?« Pfeifend verschwand Arno in seinem Küchen-Kabuff.

Vikram breitete seine Bücher auf dem kleinen Nierentisch aus und nahm dankend eine der dampfenden Tassen entgegen, die Arno anbrachte. Dieser setzte sich ihm gegenüber, angelte seine schmale Lesebrille aus der Hemdtasche und setzte sie sich umständlich auf die Nase. Er griff nach dem ersten Buch und räusperte sich.

»Das sieht ja heute ganz ordentlich aus. Stephen King, Nicolas Sparks, damit ist wohl was anzufangen.«

Vikram trank von seinem Kaffee und schaute Arno erwartungsvoll an. Als dieser nicht in die Gänge kam, fragte er ungeduldig:

»Und, was gibst du mir dafür?«

»Na, wie immer. 50 Cent, macht dann 3 Euro!«

»Heute habe ich aber wirklich gute Bücher dabei. Kannst du nicht etwas großzügiger sein?«

»Na, das bin ich doch bei dir immer. Oder frage ich dich etwa, woher du die Bücher hast?« Verschmitzt grinste er Vikram an. Beim Anblick seines langjährigen Bekannten, der wie ein begossener Pudel vor ihm saß, brach er in tiefes Gelächter aus.

»Keine Sorge, lass dir mal keine grauen Haare darüber wachsen. Ich werde auch heute nicht fragen. Und du weißt doch, ich habe dir die ganzen Jahre gern geholfen. Dann erzähl mal, wofür brauchst du denn das Geld?«

Arno wusste nicht, dass Vikram ohne jedes Einkommen im Wald lebte. Er wusste nur, dass Vikram für das Geld von ihm Lebensmittel kaufte. Er dachte, Vikram wäre ein Hartz IV-Empfänger, der mit der Stütze nicht ganz auskam. Im Laufe der Jahre hatten sie seine Lebensumstände nie thematisiert. Arno hatte ihn vom ersten Moment an mit offenen Armen empfangen. Obwohl er es ahnte, hinterfragte er Vikrams Idee nicht, mit einigen Werken aus dem öffentlichen Bücherschrank bei ihm Geschäfte zu machen. Schließlich kostete eine Tüte Lebensmittel im Sozialladen 1 Euro. Besser Vikram kam zu ihm, als dass er sich das Geld dafür erbettelte.

»Ich habe Besuch und möchte noch Tee und Schokolade kaufen.«

»Oho, eine Frau, was? Für die sind bestimmt auch die Krimis, die noch aus deiner Tüte lugen. Die würde ich dir natürlich auch noch für 50 Cent abnehmen. Dann könntest du ihr ein paar Pralinen kaufen.«

»Ja, ich habe eine Frau zu Besuch. Aber nicht so, wie du denkst. Sie ist nur mein Gast, ich kenne sie nicht weiter. Trotzdem möchte ich, dass sie sich wohlfühlt.«

»Verstehe, verstehe. Nun gut, ich runde heute für dich auf.« Er nahm den Schein aus der Kasse und überreichte ihn Vikram. Dabei zeigte er auf ein Fahndungsplakat, das hinter seinem Tresen hing.

»Weißt Du Vikram, Frauen müssen gut behandelt

werden! Schrecklich, die Sache mit der entführten Frau! Hoffentlich finden sie die noch lebendig. Wer weiß, wie viele perverse Spinner sich im Wald herumtreiben. Schrecklich, einfach schrecklich!«

»Ja, wirklich schlimm«, murmelte Vikram. Er schaute sich das Plakat intensiv an. Er sah das Gesicht der Frau jetzt zum ersten Mal komplett. Den Namen unter dem Foto konnte er leider nicht entziffern.

»Eine hübsche Frau!«, merkte Arno an.

»Es scheint so. Hast du zufällig die Zeitung von heute? Ich wollte nachlesen, was da genau passiert ist. Ich habe nicht viel von dem Vorfall mitbekommen.«

»Sorry, die habe ich schon weitergegeben. Aber viel stand nicht drin. Das war ja erst gestern, ich denke, die Reporter waren noch nicht so weit. Im Radio hatten sie aber gesagt, dass es wohl noch keine konkrete Spur gibt.«

Vikram studierte weiter das Fahndungsplakat. »Wissen sie denn schon, wer sie entführt hat?«

»Es soll eine ganze Horde Männer gewesen sein. Es sieht alles so aus, als ob die Täter es allein auf die Frau abgesehen hatten.«

»Wie kommen die darauf?« Vikram richtete seinen Blick zurück auf Arno.

»Ihr Mann hat ausgesagt, dass finster aussehende Männer sie bei einem romantischen Picknick aufgelauert hatten. Sie schlugen ihn sofort nieder. Aber es war kein Raub, denn als der Mann wieder zu sich kam, war nur seine Ehefrau weg. Geld hatten sie ihm nicht gestohlen.«

»Was? Sie wollten kein Geld?«

»Eine hübsche Frau! Es gibt so viele Schweine!«

Arno schaute zum Plakat hinüber.

Vikram war verwirrt. Die Geschichte klang vollkommen anders, als die, die er von seinen Jungs gehört hatte. Und seine Jungs logen nicht, dafür würde er seine Hand ins Feuer legen. Also fragte er sich, warum der Mann den Überfall ganz anders darstellte? War der Schlag von Fritz auf seinen Kopf zu hart gewesen? Sie hatten ihm sein Geld abgenommen. Viel Geld, wie es schien. Karl hatte ihm verlegen den Hunderter gezeigt, den er und Hermann als Anteil bekommen hatten. Da war doch etwas faul! Der Mann hatte etwas zu verbergen. Vikram grübelte.

Es beruhigte ihn zu hören, dass die Polizei noch keine Spur hatte. Dennoch würde er ihr immer einen Schritt voraus sein müssen, um die Frau vor einem Eintreffen der Polizei schnell neu verstecken zu können. Er hatte noch ein paar Ideen für mögliche Unterschlupfe. Genaue Pläne würde er erst machen, wenn es nötig werden würde. Im Moment konzentrierte er sich ganz auf die jetzige Situation. Und das hieß: die Frau so gut wie möglich zu versorgen, damit sie sich wohlfühlte und nicht noch Schwierigkeiten machte.

»Ich wünsche dir viel Freude mit deinem Besuch! Behandle die Dame wie eine Prinzessin, dann klappt das schon!« Arno drückte ihm zum Abschied die Hand. Vikram wurde aus seinen Gedanken herausgerissen und war leicht verwirrt.

»Ja, werde ich haben«, stammelte er.

Die Türglocke bimmelte und Vikram stahl sich rasch hinter dem eintretenden Kunden davon, ehe Arno weitere Anspielungen auf seinen *weiblichen Besuch* machen konnte.

Im 99-Cent-Shop erstand Vikram eine Taschenlampe mit Ersatzbatterien und einen roten Handfeger. So blieb ihm noch der Euro für die Lebensmittel bei der Tafel. Hoffentlich hatten sie dort gerade Tee oder Schokolade vorrätig. 50 Cent hatte er noch von seinem letzten Buchverkauf übrig, die würden aber nicht für beides reichen.

Im Sozialladen war es gerade ruhig. Nur drei Leute nahmen das Angebot vor ihm wahr: ein verlebtes Pärchen und ein alter Mann mit seinem ebenfalls alten Bernhardiner. Man kannte sich vom Sehen und nickte einander wohlwollend zu. Ein richtiges Gespräch hatte Vikram bislang mit keinem anderen Kunden geführt. Die meisten schämten sich, auf Almosen angewiesen zu sein und verließen mit vollen Tüten und gesenkten Köpfen schnell den Laden.

Anders sah die Sache mit den dort arbeitenden Freiwilligen aus. Vikram war ein gern gesehener Kunde. Eva begrüßte ihn herzlich, als er vor sie trat. Vikram freute sich ebenfalls, sie zu sehen. Die alte Frau war ihm in den letzten Jahren sehr ans Herz gewachsen. Sie hatten sich immer wieder gegenseitig ihr Leid geklagt. Vor allem Eva ihm, da Vikram niemanden wirklich viel von sich erzählte. Aber die kleinen Sorgen des Alltags teilte er gerne mit ihr.

Im Gegenzug hatte sie ihm fast ihr gesamtes Leben anvertraut. Vielleicht mochte sie ihn so gerne, weil er sie an ihren Sohn erinnerte, der sich mittlerweile seit über zwanzig Jahren nicht mehr bei ihr gemeldet hatte. Mit dem Wegzug aus seiner Heimatstadt, um in der Ferne zu studieren, hatte er sein altes Leben und damit seine Mutter, einfach hinter sich gelassen und war nie mehr zurückgekehrt, nicht einmal für einen Besuch.

In den vielen Jahren, die Vikram nun schon seine Lebensmittel bei ihr bezog, hatte sie ihm immer ein Stückchen mehr von ihrer Geschichte erzählt, die mit einer alleinerziehenden Mutter in den späten Siebzigerjahren begann und mit einer einsamen, aber stets freundlichen und hilfsbereiten alten Dame zum heutigen Tag führte. Die freiwillige Arbeit lenkte sie von ihrer Trauer um den verlorenen Sohn ab und Vikram hörte ihr ein ums andere Mal bereitwillig zu. Er litt mit ihr und hatte stets ein aufheiterndes Wort für sie, das ein Lächeln zurück auf ihr Gesicht zaubern konnte.

Besonders als sie im vorigen Jahr einen letzten Versuch unternommen hatte, ihren Sohn zu besuchen. Sie hatte seine Adresse herausbekommen und stand mit einem Kuchen vor seiner Haustür. Aber als die Tür aufging, blickte sie in ein verschlossenes, ihr unbekannt gewordenes Gesicht, das keine Gefühlsregung offenbarte. Ohne ein einziges Wort an sie zu richten, schloss ihr Sohn die Tür vor ihrer Nase. Und Eva setzte sich auf eine Parkbank, teilte den Kuchen mit zwei Obdachlosen und fuhr mit der Bahn zurück nach Hause, ohne einen weiteren Gedanken an ihren Sohn zu verschwenden.

Das war jetzt ein Jahr her und zu Vikrams Freude war Eva seitdem deutlich glücklicher. In ihm sah sie inzwischen eine Art Ersatzsohn und sie war stets besonders großzügig zu ihm und gab ihm oft das eine oder andere Extra, das sie für ihn zur Seite gelegt hatte. Heute war es eine Packung Lachs in Dillsoße.

»Schau mal Vikram, was ich für dich habe.« Sie wedelte mit der Packung vor seiner Nase und hatte vor Aufregung ganz rote Wangen. »Schön, dass du heute kommst, der gute Fisch ist nämlich bis gestern haltbar gewesen. Der will jetzt gegessen werden!« Sie strahlte Vikram an.

»Ach Eva, du bist auch immer für eine Überraschung gut. Du weißt gar nicht, wie sehr mich der Leckerbissen ausgerechnet heute erfreut!«

»Ja? Gibt's was zu feiern?«

»Das nicht, aber ich habe Besuch, dem ich gerne eine Freude machen möchte.« Wenn es Arno schon wusste, brauchte er bei Eva mit seinen Neuigkeiten auch nicht mehr hinter dem Berg zu halten.

»Sieh an. Das ist aber schön! Immer alleine, das ist ja auf die Dauer nicht das Wahre. Erzähl mal, ist sie hübsch?«

Vikram senkte verlegen den Blick. »Warum denken eigentlich alle sofort, dass ich Frauenbesuch habe? Vielleicht ist ja einfach mein Cousin zweiten Grades in der Stadt und will mit mir Golf spielen.«

»Nein, nein. Ein hübscher Mann im besten Alter, der kann doch nicht die ganzen Jahre allein bleiben. Die jungen Dinger müssten doch Schlange bei dir stehen. Glaub mir, die schauen nicht alle nur auf den Geldbeutel. Für viele ist ein gutes Herz noch das Wichtigste. Ich warte schon lange darauf, dass du mal von einer Frau erzählst.«

Die Richtung, die das Gespräch einschlug, war Vikram mehr als peinlich. »Nein, so ein Besuch ist es nicht. Es ist nur eine entfernte Bekannte, die ein paar Tage bei mir übernachtet. Ich brauche keine Frau. Ich komme gut alleine zurecht.«

Eva seufzte. »Ach Vikram, mir alten Schachtel brauchst du doch nichts vorzumachen. Ich habe all die

Jahre alleine gelebt und mich mein ganzes Leben lang nach einem vernünftigen Mann gesehnt. Aber die Liebe war mir nicht vergönnt und jetzt bin ich faltig und niemand schaut mir mehr hinterher. Aber du bist noch jung, du musst der Liebe eine Chance geben. Und überhaupt, wenn es nur ein unbedeutender Besuch wäre, würdest du der Frau doch keine Freude machen wollen. Mich kannst du nicht täuschen, Vikram! Ich packe dir jetzt eine Tüte mit den tollsten Sachen. Mal schauen, was sich noch Schönes findet. Es wäre doch gelacht, wenn du der Frau nicht ein köstliches Mahl zaubern könntest. Liebe geht schließlich durch den Magen!«

»Mhm, ich glaube nicht, dass sie mich attraktiv finden könnte. Und wie gesagt, ich bin nicht auf der Suche nach einer Frau.« Vikram bereute seine Offenheit, aber Eva legte sich immer mehr ins Zeug.

»Und hier, sieh mal, der Brokkoli ist nur an einer Seite etwas gelb. Dann noch Kartoffeln dazu und der Lachs wird sie umhauen.«

Eva reichte Vikram die volle Tüte über die Theke und er gab ihr den obligatorischen Euro.

»Brauchst du noch irgendwas an Basisbeständen? Zucker, Mehl …?«

»Hast du eine neue Zahnbürste für mich?«

»Ja, natürlich. Strahlend weiße Zähne, darauf stehen die Frauen. Hast du noch einen Wunsch?«

»Habt ihr schwarzen Tee da?«

»Warte, ich guck mal.« Eva ging nach hinten ins Lager.

Die Unterbrechung von Evas Redeschwall brachte das Radio zu Gehör, das die ganze Zeit im Hintergrund alte Schlager gedudelt hatte. Jetzt wurde die Musik von einer Durchsage jäh unterbrochen.

Die Suche nach der seit Sonntag vermissten Frau im weitläufigen Forstgebiet hat bislang zu keinem Erfolg geführt. Die Polizei nimmt weiterhin sachdienliche Hinweise entgegen. Der Tathergang lässt vermuten, dass es sich um mehrere Täter handelt, die vorgestern einen LKA-Beamten und seine Frau bei einem Picknick im Wald überfallen, den Mann niedergeschlagen und seine Frau verschleppt haben. Da die bislang eingegangenen zahlreichen Hinweise auf die Täter und den Verbleib der Frau noch zu keiner konkreten Spur geführt haben, wird ab heute Mittag eine Hundertschaft der Polizei einen erneuten Versuch unternehmen die Frau zu finden und den Forst durchkämmen.

LKA-Beamter? Davon hatte Arno aber nichts gesagt. Vikram unterdrückte ein Fluchen. Um Himmels willen, warum musste es ausgerechnet die Frau eines Polizisten sein? Wo hatten ihn seine Jungs da nur hineingeritten? Er musste so schnell wie möglich nach Hause, bevor er den Suchtrupps in die Arme lief. Wie gut, dass er gestern schon seine Höhle getarnt hatte. Auf die Schnelle hätte er das heute sicher nicht mehr hinbekommen.

»Hier!« Triumphierend streckte Eva ihm eine zerknitterte Packung entgegen. »Ist allerdings mit Vanillearoma. Aber weißt du, da stehen die Damen drauf.« Als sie Vikrams Blick auffing, hielt sie inne.

»Geht's dir gut? Du bist ja schrecklich blass geworden. Bist du etwa aufgeregt?«

»Nein, nein, alles gut. Ich muss mich nur beeilen, hab noch einiges vor.« Vikram griff nach dem Tee, legte ihn oben auf die Tüte und drehte sich auf dem Absatz um.

»Viel Erfolg! Du brauchst nicht aufgeregt sein, du wirst sehen, es wird …«

Ohne ein Wort des Dankes stolperte Vikram aus der Tür. Er versuchte so schnell wie möglich zu seinem Fahrrad zu eilen. Doch mit der schweren Tüte in der Hand war das ein heilloses Unterfangen. Er kam aus dem Tritt, stolperte und ein Teil der Lebensmittel landete auf dem Gehweg.

»Hey, passen Sie doch auf! Sie hätten mich fast umgerannt.« Ein alter Mann fuchtelte mit dem Gehstock wütend in seine Richtung.

Vikram ignorierte ihn und griff rasch nach den über dem Gehweg verteilten Lebensmitteln. Er stopfte alles zurück in die Tüte und schlitterte eilig weiter auf dem nassen Boden, bis er endlich sein Fahrrad erreichte. Er sprang auf den Sattel und sprintete in Richtung Wald.

11

Evelyn zog sich den Stapel Zeitungen heran, die der geheimnisvolle Mann heute Morgen wohl zusammen mit ihrem Frühstück bereits in die Hütte gestellt hatte. Er musste schon sehr frühzeitig vorbei geschaut haben. Zu schade, dass sie da noch geschlafen hatte.

Die Zeitungen waren von letzter Woche und die meisten hatte sie bereits gelesen, dennoch boten sie die dringend benötigte Ablenkung. Sie las alles, was sie beim ersten Lesen übergangen hatte, von den Kontaktanzeigen bis hin zum Polizeibericht. Stand ihr Name jetzt eigentlich auch schon dort? Oder würde ihr Fall erst bei einem erfolgreichen Abschluss aufgegriffen? Nein, eine entführte Frau, die Story würde sicher ein großer Aufhänger in sämtlichen Klatschblättern sein. Evelyn wurde bei dem Gedanken daran ganz schlecht.

Würde sie Interviews geben müssen? An der Seite ihres Mannes? Sie hoffte inständig, nicht gefunden zu werden! Wenn der fremde Mann sie freiließe, würde sie ihr altes Leben komplett hinter sich lassen. Einfach still und heimlich aus dem Wald spazieren und neu anfangen. Sie wollte auf keinen Fall großes Aufsehen erregen. Sie würde ihr Verschwinden nutzen, damit Andreas sie niemals fand.

Die beklemmende Lage hatte ihr Gutes. Nur die Erinnerungsstücke an ihre Eltern würde sie schrecklich vermissen. Und ihre privaten Sachen, Zeugnisse, Ausweis, Kinderfotos, die würde sie organisieren müssen. Vielleicht konnte sie einen professionellen Einbrecher engagieren, der ihren Kram bei Andreas rausholte. Vielleicht einen der Räuber?

Zu lange mochte sie nicht an diesem Ort bleiben. Ihr neues Leben war zum Greifen nahe. Nur durfte sie dazu niemand befreien! Evelyns Gedanken kreisten unaufhörlich.

Draußen hörte sie ein Rascheln. Ihr Herz beschleunigte den Rhythmus und ihre Hände wurden schwitzig. War ihr Traum bereits aus? Hatte die Polizei sie gefunden? Oder war lediglich der Unbekannte zurückgekehrt?

Wie mochte er eigentlich aussehen? Er hatte auf jeden Fall eine schöne Stimme. Ob sie nicht mal einen Blick riskieren sollte? Wenn er nett aussah, würde sie sich keine weiteren Sorgen machen müssen und konnte die Zeit hier in der Hütte einfach genießen. Und wenn er doch ein übler Halunke war, dann konnte sie morgen früh einfach die eine Latte herausreißen und schon jetzt ihre eigenen Wege gehen. Ihr Blick wirkte entschlossen.

»Hallo?«, hörte Evelyn den Mann von draußen rufen. Dann folgte ein Hustenanfall. Evelyns Erleichterung über sein Kommen wich Besorgnis.

»Hallo? Geht es Ihnen gut?«, fragte Evelyn gespannt nach.

»Ja, ja. Das Feuer von meinem Herd zieht gerade nicht so gut ab.« Er räusperte sich ausgiebig. »Schön, dass Sie jetzt wach sind.«

»Ja, hellwach. Danke für das Frühstück. War lecker.«

»Gut, dann kommt hier Ihr Mittagessen. Es gibt Lachs!« Evelyn hörte den Stolz in seiner Stimme mitschwingen.

»Klasse, Fisch esse ich sehr gerne.« Sie hockte sich

neben die Lücke an der Tür und legte ihren Kopf schräg auf den Holzboden. Wenn er das Essen jetzt durchreichte, müsste sie mit Glück einen Blick auf sein Gesicht erhaschen können. Sie erwartete seine Hand mit dem Teller.

Statt ihres Essens erblickte sie zwei dunkelbraune, fast schwarze Augen unter wohlgeschwungenen Brauen. Einen kurzen Moment schauten sie einander in die Augen. Dann sprang er hastig auf. Auch Evelyn wich erschrocken zurück. Doch plötzlich musste sie kichern. Welch lustiger Zufall, dass der Mann auf die gleiche Idee gekommen war.

Sie schaute erneut durch das schmale Loch, sah aber nur noch seine dunkelbraunen Lederboots, bevor die Dose mit dem Fisch ihr die Sicht versperrte. Ohne ein weiteres Wort schob er sie schnell zu Evelyn in die Hütte und schon war er verschwunden.

Wie schade! Warum war er so schüchtern? Das war doch zu ulkig gewesen, wie sie beide heimlich versucht hatten, sich zu beobachten. Darüber hätten sie gemeinsam lachen können!

Evelyn war sich sicher, dass der Mann humorvoll war. Seine dunklen Augen sprühten vor Intelligenz und Neugierde. Aber sie wirkten auch traurig. In seinem Blick lag viel Wehmut und Schmerz. Sie fragte sich, woher diese Traurigkeit kam. Zu gerne würde sie ihn danach fragen. Ob sie je die Gelegenheit dazu bekam?

Gedankenverloren öffnete Evelyn die Dose. Der aromatische Duft des Lachses und ein Hauch von Dill schlugen ihr entgegen. Sie richtete ihre Aufmerksamkeit auf das Mahl und das Wasser lief ihr im Mund zusammen. Begierig spießte sie mit der mitgelieferten

Gabel ein Stück vom Fisch auf und steckte den Bissen genüsslich in ihren Mund.

Köstlich! Einfach köstlich! Begeistert machte sich Evelyn über ihr Mittagessen her.

Plötzlich raschelte es draußen erneut. Evelyn zuckte zusammen, aber da hörte sie schon seine angenehme Stimme:

»Jetzt habe ich doch glatt vergessen, Ihnen den Feger, die Zahnbürste und die Taschenlampe zu geben. Hier sind sie. Und zwei Bücher habe ich auch noch für Sie.« Der Mann tat einfach so, als wäre nichts gewesen. Als hätten sich ihre Blicke nicht berührt.

Ein kleiner Handfeger, eine hellblaue Zahnbürste und eine schwarze Metall-Taschenlampe zum Drehen kamen neben der Tür zum Vorschein. Danach die Bücher.

»Ich muss mich beeilen, bis später.«

Evelyn hörte ihn durch die Farne davon rennen. Sie hatte vor Aufregung keinen Ton herausbekommen. Noch immer hatte sie ein Brokkoli-Röschen im Mund und völlig vergessen zu kauen. Sie setzte ihren Kiefer wieder in Bewegung und aß weiter.

Anschließend inspizierte sie ihre neue Habe. Gleich zwei Bücher! Sie freute sich, dass er ihre Wünsche ernst genommen hatte. Andreas hatte ihr nur selten Wünsche erfüllt. Meistens vergaß er, dass er ihr etwas mitbringen sollte. Am Anfang ihrer Beziehung hatte er ihr häufig einen Blumenstrauß geschenkt oder auch mal erotische Dessous. Im Nachhinein bekamen diese Präsente einen schalen Beigeschmack.

Sie zeigten ihr nicht, dass es Andreas darum ging, sie, als einzigartige Person, zu erfreuen. Sie waren universell, die Frauen, die sie bekamen, austauschbar. Sie hätte sich über Bücher jeglicher Art gefreut, über schöne Kunstdrucke, sogar über einen liebevoll ausgesuchten Kaktus oder eine Topfpflanze. Aber Andreas hatte ihr wohl von Anfang an nie richtig zugehört. Und nun bat sie einen fremden Mann einmal um etwas und bereits am nächsten Tag brachte er es wie selbstverständlich mit. Sie war sehr beeindruckt und fühlte sich geschmeichelt. Er hatte an sie gedacht. Der hübsche fremde Mann mit den wundervollen dunklen Augen hatte an sie gedacht! Und was hatte er zur Verabschiedung gesagt? Bis später? Ja, bis später!

12

Es war stockdunkel. Außer dem Ruf eines Kauzes und dem Rauschen der Bäume hörte sie nichts. Sie horchte angestrengt nach draußen. Ein Rascheln! Waren das die Farne, die sich unter seinen Schritten beugten? Oder war es doch nur der Wind, der mit dem Laub tanzte? Wo blieb er nur? Hatte er gelogen und kam doch nicht mehr? Ließ er sie jetzt hier im Wald alleine?

Vor Enttäuschung stiegen ihr Tränen in die Augen. Sie konnte sie nicht zurückhalten und schluchzte bald hemmungslos. Außerdem hatte sie Hunger. Wie hatte sie sich nur auf diesen Fremden verlassen können? Egal, wie freundlich er wirkte, er war eben ein Mann. Auf Männer war kein Verlass!

Sie wickelte sich in die Decke ein und legte sich in die Ecke. Ihre Augen waren ganz verquollen. Sie bemühte sich, nicht mehr zu weinen, denn die beiden Packungen Taschentücher waren längst verbraucht. Wenn er morgen nicht kommen würde, würde sie mit den ersten Sonnenstrahlen auf eigene Faust die Hütte verlassen. Sie würde sich schon einen Weg aus dem Wald bahnen!

Evelyn war fast eingeschlafen, da vernahm sie das ersehnte Rascheln. Erst dachte sie, sie würde träumen, doch seine klare Stimme war real.

»Sind Sie noch wach?«, flüsterte er.

»Ja.« Er war doch noch gekommen. Doch es stellte sich keine Freude über sein spätes Erscheinen ein. Sie war enttäuscht.

»Ich habe noch Käsebrote für Sie. Und einen Kräutertee.«

»Oh, danke.«

»Ich dachte, für schwarzen Tee ist es inzwischen schon zu spät. Manche Menschen stehen ja senkrecht im Bett, wenn sie abends noch etwas Anregendes trinken. Habe ich zumindest gehört.«

Warum quatschte er denn jetzt so viel? Hatte er was getrunken? Oder geraucht? Hatte er über seinen Joint die Zeit vergessen und war deshalb so spät dran? Evelyn war erbost und stellte sich in ihrem Zorn den Fremden als Haschisch rauchenden Trunkenbold vor.

»Sie mögen doch lieber Tee, hab ich recht? Ihren Kaffee haben Sie nicht getrunken, daraus schloss ich, dass Sie bestimmt eine Teetrinkerin sind.«

Evelyn stockte. Er machte sich tatsächlich Gedanken um sie. Dass ihm solche Kleinigkeiten auffielen! Ihr wurde es wieder ganz leicht ums Herz. Ihr Ärger löste sich so rasch auf, wie er gekommen war.

»Warum sagen Sie denn nichts? Sie sind doch hoffentlich nicht sauer auf mich?« Vikram war verunsichert. »Glauben Sie mir, ich bin so schnell zu Ihnen gekommen, wie ich konnte. Aber ich kam einfach nicht aus meiner Hö … Na, ich kam nicht raus.«

Evelyn war zu sehr mit ihren Gedanken beschäftigt, um ihm zu antworten.

Vikram versuchte sich weiter an einer Erklärung. »Die Polizei hat heute den Wald durchsucht und ich konnte nicht vor die Tür. Wissen Sie, es ist ganz schön schwierig ein Entführer zu sein … Oder wie würden Sie mich nennen?«

Evelyn lachte aus vollem Hals. Die Anspannung fiel

von ihr ab. Erleichterung machte sich in ihrem Lachanfall breit. Sie konnte gar nicht mehr aufhören.

»Ach, tut mir leid, ich plappere dummes Zeug. Das mache ich immer, wenn ich aufgeregt bin.« Vikram sammelte sich. »Ehrlich gesagt, ich habe befürchtet, dass Sie sauer auf mich sind. Ich hatte zwar versprochen, dass ich wiederkomme und auf mich ist Verlass, aber das können Sie natürlich nicht wissen.«

Evelyn schaffte es endlich, das Lachen zu unterdrücken. Nicht, dass er dachte, sie würde ihn auslachen!

»Nein, keine Sorge, ich bin nicht sauer. Ich hatte jedoch Angst, dass Sie mich hier im Wald alleine lassen. Es ist ganz schön einsam hier.«

»Das kann ich mir vorstellen. Nicht jeder ist das Alleinsein gewöhnt. Gerade wenn man verheiratet ist, ist man ja selten allein.«

Wenn er bloß wüsste, wie einsam man in einer Ehe werden konnte. Aber Evelyn verkniff sich eine Bemerkung. Stattdessen versuchte sie all ihren Mut zusammen zunehmen, für ihr Vorhaben.

»Gerade in so einer kleinen Hütte, kann einem sehr schnell langweilig werden und dann vermisst man menschlichen Kontakt. Und heute haben wir ja kaum miteinander gesprochen …«

»Nun, es ist ja nicht auf Dauer. Bald sind Sie zurück bei Ihrem Mann!« Vikram machte ihr Mut. Zumindest dachte er das.

Durch die Holzwände spürte sie sein Unbehagen. Doch ihren Hinweis hatte er nicht verstanden. Gut, er war sehr dezent gewesen. Männer sind nicht so feinfühlend. Eine klare Anweisung wäre wohl besser.

»Werter Herr Entführer!«

»Ach, Sie sehen mich tatsächlich als Entführer? Jetzt bin ich aber enttäuscht. Streng genommen wurden Sie mir schließlich in Obhut gegeben.«

»Sie haben recht. So gut, wie Sie mich die letzten Tage umsorgt haben, würde ich Sie dann lieber als meinen Gastgeber bezeichnen.«

»Und Sie sind mein Lieblingsgast!« Vikram fiel in Evelyns Lachen ein.

»Wir sind uns also einig. Also, Herr Gastgeber, würden Sie mir vielleicht beim Essen Gesellschaft leisten wollen? Zu zweit schmeckt es einfach besser!«

Schweigen folgte. Evelyn machte sich auf eine Abfuhr gefasst.

»Eine so nette Bitte kann ich natürlich nicht abschlagen. Als guter Gastgeber bin ich schließlich verpflichtet, dass sich mein Gast wohlfühlt. Und wenn Sie Gesellschaft wünschen …«

Evelyn hörte, wie das Schloss knackte und die Tür sich quietschend öffnete. Und dann stand er im Türrahmen. Er war eher klein, aber von einer einnehmenden Präsenz. Von seinem Gesicht sah Evelyn nicht viel. Der schmale Lichtkegel, von der an der Wand aufgehängten Taschenlampe, beleuchtete ihren Gast nur spärlich. Er trat ins Innere und schloss die Tür. Schnell machte er drei Schritte aus dem Schein der Lampe und setzte sich ins Halbdunkel an die Wand.

Evelyn war von ihrer vorwitzigen Einladung auf einmal verlegen und wusste nicht, wie sie sich nun verhalten sollte. Sie setzte sich zurück in ihre Ecke, ein Stückchen von ihm entfernt.

»Hier, Ihr Abendessen.« Er reichte ihr eine Plastikbox und eine Flasche. »Schön sauber ist es hier geworden. Haben Sie das alles mit dem kleinen Handfeger geschafft?«

»Mhm,« bestätigte sie kauend. Evelyn war froh, dass sie sich aufs Essen konzentrieren konnte und erst einmal nicht reden musste.

»Toll haben Sie das gemacht.«

Evelyn freute sich über sein Lob und errötete. Sie aß weiter und empfand ihr Kauen als unnatürlich laut. Kauten alle Menschen so geräuschvoll? Das war ja schrecklich unattraktiv.

»Darf ich Sie etwas fragen?«

»Na klar«, murmelte Evelyn mit vollem Mund. Sie beeilte sich, den letzten Bissen herunter zu schlucken und schaute zu ihm herüber. Der Mann starrte nach unten auf seine Stiefelspitzen. »Was wollen Sie denn von mir wissen?«

»Warum sind Sie ein so angenehmer Gast? Warum wehren Sie sich nicht? Warum versuchen Sie nicht zu fliehen?« Er schaute hoch. Seine Augen streiften kurz über ihr Gesicht. Dann wanderte sein Blick auf die hinter ihr liegende Wand.

Sie zögerte kurz. »Die merkwürdige Wahrheit ist, dass es mir hier deutlich besser geht, als zu Hause.«

»Aber Ihr Mann ist beim LKA, richtig? Dann sind Sie doch gut versorgt.«

»Naja, wir wohnen in einem großen Haus. Aber selbst eine Villa kann zum Albtraum werden, wenn sie nicht mit Leben und Liebe erfüllt ist.«

»Das heißt wohl, Sie machen gerne noch ein paar Tage Urlaub bei mir?«

Die Worte kamen beschwerlich über seine Lippen. Er wirkte sehr angespannt.

»Ja, so sieht es wohl aus.« Neckisch blickte sie ihn an.

»Woher wissen Sie das mit meinem Mann?«

»Ich war heute Morgen in der Stadt und habe es im Radio gehört.«

»Und? Wie sieht es aus? Wird nach mir gesucht?« Evelyn wurde nervös.

»Na klar. Sie sind der Polizei eine Hundertschaft wert. Das bedeutet, dass Sie eigentlich hauptsächlich schuld an meiner späten Ankunft sind.« Ein schräges Lächeln huschte über sein Gesicht.

»Ach herrje. Hoffentlich finden die mich nicht!« Sie blickte ihn an. »Wenn die Polizisten mich jetzt hier aufspüren, bringen sie mich auf direktem Weg zurück zu ihm.«

»Und das wollen Sie nicht?«

»Ich war gerade dabei, mich von ihm zu trennen.«

»Daher die aufgeplatzte Lippe?«

»Ja, die habe ich dem werten Herrn Hauptkommissar zu verdanken, meinem schlagkräftigen Ehegatten.« Evelyn lachte kurz verächtlich auf. »Wissen Sie, ich bleibe gerne noch einige Tage hier. Es ist so schön ruhig hier im Wald und ich bin Ihnen sogar dankbar, dass Sie mich von meinem Mann getrennt haben.«

»Sie bleiben also wirklich gerne noch ein paar Tage länger bei mir? Bis Gras über Ihr Verschwinden gewachsen ist?« Seine Stimme drückte Unglauben aus.

»Ja, so sieht es aus.« Sie versuchte seinen Blick aufzufangen, aber er starrte weiterhin angespannt die Wand an.

»Okay, schön, dass es Ihnen hier gefällt. Dann sind wir uns ja einig. Wir warten noch bis Ruhe einkehrt und dann können Sie in einigen Tagen einfach in die Stadt zurückkehren.« Steif stand er auf und ging Richtung Tür, ohne sie eines weiteren Blickes zu würdigen.

»Ich muss los, bis morgen.« Evelyn blickte verdutzt auf die ins Schloss gefallene Tür. Hatte sie was Falsches gesagt? Sie hatten doch so schön begonnen sich zu unterhalten. Gerade hatte sie sich in seiner Gegenwart entspannt und jetzt rannte er überstürzt hinaus. Zum zweiten Mal an diesem Tag übermannte sie die Enttäuschung.

13

Vikram rannte einige Schritte in die Dunkelheit, bis er realisierte, dass er ohne eine Lampe nicht weiter kam. Der Mond war nicht hell genug. Der Wald war finster. Er sah kaum seine Hand vor Augen. Keuchend blieb er stehen.

Warum nur war er so überstürzt aufgebrochen? »Verflucht noch mal!« Er rammte seine Faust in einen Baumstamm und gab sich dem Schmerz hin. Das hatte er jetzt verdient. Warum hatte er bloß die Tür zu ihr geöffnet?

Er hatte den ganzen Nachmittag an ihre faszinierenden grünen Augen gedacht. Ihren vorwitzigen, frechen Blick, mit dem sie ihn angeschaut hatte. Und wie sie gekichert hatte, nachdem sich ihre Augen begegnet waren. Ihr Lachen war herzerfrischend. Den gesamten restlichen Tag hatte er sich danach gesehnt, es wieder zu hören und noch einmal tief in ihre Augen zu blicken. Und dann lud sie ihn ein und er vergaß alle seine guten Vorsätze. Und drinnen schaffte er es nicht sie anzusehen. Er war gegenüber Frauen völlig unfähig geworden.

Wenn er schon die Grenze überschritten hatte und ihr so unvorsichtig näher gekommen war, dann hätte er sie auch in die Arme nehmen müssen. Sie trösten, für das Leid, das sie auszuhalten hatte. Aber mit den Gefühlen für sie tauchten andere, alte Gefühle, auf, die er zu verdrängen versucht hatte. Er dachte, in den Jahren alleine im Wald hätte er sie überwunden. Aber er hatte sie wohl lediglich unter Kontrolle gehalten. Durch die ihm ungewohnte intime Situation in der Hütte, so nah bei einer Frau, waren sie mit einem überwältigenden Schlag zurückgekehrt.

Der Schock, der unendliche Schmerz und seine Untröstlichkeit. Vielleicht war er noch nicht bereit. Aber gleichzeitig sehnte er sich so sehr danach, dieser Frau noch einmal in die Augen zu blicken und ihre Hand zu halten. Ihre schmalen Handgelenke zu betrachten, die er bei ihrer Ankunft gefühlt hatte.

Er sammelte sich und stapfte entschlossen durchs Dunkel zurück. Als er an die Holztür klopfte, meinte er ein Schluchzen verstummen zu hören.

»Ich bin es wieder. Da habe ich das Wichtigste doch glatt vergessen!«

»Ja?« Sie schniefte in ein Taschentuch.

Er ließ ihr noch ein paar Sekunden zum Naseputzen, bevor er das Türschloss öffnete. Sie stand in der Mitte des Raumes und schaute nach unten auf ihre Hände, in denen sie das Taschentuch knetete.

»Haben Sie etwa wegen mir geweint?

»Ach, ich weiß auch nicht. Ist wohl alles etwas zu viel gerade. Ist ja auch keine alltägliche Situation.«

»Nein, da haben Sie recht, seinen Mann verlässt man schließlich nicht alle Tage. Da kann man schon mal durcheinander sein.«

»Ich meinte doch nicht ...« Sie schaute zu ihm auf. Die Tränen hatten deutliche Spuren auf ihrem Gesicht hinterlassen. Im funzeligen Licht erkannte er ihre verquollenen Augen, die ihn am Mittag noch so strahlend angefunkelt hatten.

Vikram griff nach ihrer Hand und sie ließ ihn gewähren. Sein Herz war plötzlich ganz leicht.

»Tut mir leid. Sie müssen wissen, ich hatte schon sehr lange kein Rendezvous mehr. Ich bin wohl aus der Übung im Umgang mit einer Frau.«

»Ist schon okay. Ich weiß auch nicht, was ich erwartet habe. Es ist ja nicht so, dass Sie hier für mein Glück verantwortlich sind.«

»Gut, und jetzt lassen wir mal das alberne Sie! Ich sagte doch, das Wichtigste habe ich vergessen: Verrätst du mir deinen Namen?«

»Evelyn.«

»E-ve-lyn.« Vikram ließ ihren Namen auf seiner Zunge zergehen. »Ein Name wie Musik! Es freut mich sehr, Evelyn, deine Bekanntschaft zu machen. Darf ich dich zur Entschuldigung für den miesen Abend in den Arm nehmen?« Sein Herz klopfte lautstark vor Aufregung.

»Gerne, aber nur wenn Sie, entschuldige, du, mir auch deinen Namen sagst.«

»Ach, das habe ich jetzt ganz vergessen. Du verwirrst mich.« Er lächelte sie liebevoll an. »Ich heiße Vikram.«

»Vikram. Das ist aber ein seltsamer Name. Schön«, beeilte sie sich hinzuzufügen, »aber seltsam. Was ist das für ein Name?«

»Es ist ein indischer Name. Ich bin Halbinder.«

»Deshalb die schönen braunen Augen!«

Vikram wurde es warm, ums Herz, im Schritt. Sein ganzer Körper wurde von einem wohligen Schauer erfasst. Er legte seine Arme leicht um ihren Oberkörper und genoss die Berührung. Evelyn erwiderte seine Umarmung. Sie zog ihn an sich heran und legte ihren

Kopf an seine Brust. Es fühlte sich so gut an. Vikram dankte dem Schicksal, dass die unglücklichen Umstände sie zu ihm in den Wald geführt hatten.

»Darf ich heute bei dir übernachten? Draußen ist es so finster, dass ich nur mit Mühe nach Hause finden würde«, flüsterte er.

»Ja, natürlich.« Evelyn löste sich aus seiner Umarmung und Vikram ließ sie mit einem wehmütigen Gefühl ebenfalls los. Er hätte sie noch stundenlang bei sich halten können. Ihm war gar nicht bewusst gewesen, wie sehr er die Wärme einer Frau vermisst hatte. Auch Evelyn war überrascht, wie viele Gefühle sie in der kurzen Zeit für einen, ihr bis vor wenigen Tagen noch völlig fremden, Mann entwickeln konnte.

Dennoch musste sie die Übernachtungssituation klarstellen: »Wo möchtest du schlafen? Hier, an der Wand? Ich gebe dir eine meiner Decken.«

Sie stellte sich vor, was Vikram über sie dachte. Zu viel Nähe mochte sie zum jetzigen Zeitpunkt nicht zulassen. Ihr Lager mit ihm zu teilen, dazu war sie noch nicht bereit.

Es war merkwürdig, jetzt einen Namen für den Mann zu haben. Daran musste sich Evelyn erst einmal gewöhnen. Sie brauchte dringend Schlaf, um über Nacht die neue Zwischenmenschlichkeit sacken zu lassen. Sie freute sich auf einen neuen Tag mit Vikram und war gespannt, wie er bei Licht aussah.

»Behalte mal schön deine Decke. Du sollst es bequem und gemütlich haben. Ich schlafe auf dem nackten Boden. Kein Problem, ich bin ein spartanisches Leben gewohnt.«

»Nein, da hätte ich ein schlechtes Gewissen.« Evelyn

drapierte liebevoll eine der beiden Decken, die sie von Vikram bekommen hatte, an die Wand neben sich.

»Danke, dann schlaf gut!« Vikram strich Evelyn über die Wange, sie griff nach seiner Hand und drückte sie.

»Ja, du auch! Wenn es dich nicht stört, dann lasse ich die Lampe über Nacht an.«

»Kein Problem!«

Sie legten sich auf den Boden, aber keiner der beiden war zum Einschlafen bereit. Vikrams Herz klopfte vor Aufregung, ebenso Evelyns. Er sah vor seinen geschlossenen Lidern ihre betörenden grünen Augen und ihre aufgesprungene Lippe. Was war das nur für ein widerwärtiger Mann, mit dem sie verheiratet war? Wie konnte er einer so zarten und intelligenten Frau Gewalt antun? Er würde Evelyn kein einziges Haar krümmen können!

Evelyn dachte an Vikram. Seine dunklen Augen gingen ihr nicht mehr aus dem Sinn. Sie fragte sich dabei aber auch nach dem Grund seiner Traurigkeit. Wie gerne würde sie seine Augen und sein Herz erleuchten. Sie würde alles dafür tun, um Vikram zum Lachen zu bringen! Sie sehnte sich danach, ihn erneut in den Armen zu halten.

Aber sie selbst hatte schließlich für die Distanz zwischen ihnen gesorgt. »Wie schade!«, seufzte sie lautlos. Verstohlen warf sie Vikram einen Blick zu. Im faden Schein der Taschenlampe konnte sie nicht viel von ihm erkennen. Aber was war das? Beinahe hätte Evelyn laut aufgelacht. Schielte er nicht auch in ihre Richtung? Zum zweiten Mal an diesem Tag schauten sie sich im gleichen Moment heimlich an.

»Hey, beobachtest du mich etwa?«, neckte Vikram sie. Dann wurde er wieder ernst: »Kannst du auch nicht einschlafen?«

»Nein. Mir ist ein wenig kalt. Magst du mich vielleicht wärmen?«

Vikram war freudig überrascht von ihrer Bitte und konnte sie natürlich nicht abschlagen.

»Gerne, wenn du das möchtest.« Er rutschte zu ihr herüber und schwang seine Decke um sie. Evelyn drehte ihm ihren Rücken zu und er legte seinen Arm zart um ihre Hüfte. Seine Hand ruhte auf ihrem Bauch. Vikram schmiegte seinen Kopf vorsichtig an ihren Rücken. Wie gut sie roch! Tief atmete er ein. Mit jedem Atemzug entspannte er sich mehr und glitt sanft in den Schlaf hinüber. Auch Evelyn kam in der wohligen Umarmung zur Ruhe und eng umschlungen genossen beide die Nacht.

Am nächsten Morgen erwachten sie mit dem Gesang der Lerchen. Vikram hielt Evelyn immer noch umarmt. Er gähnte und streichelte Evelyn verzückt über den Rücken. Es war wirklich Realität, er hatte nicht nur geträumt!

»Bist du schon wach?«, flüsterte er ihr ins Ohr und erhielt als Antwort ein genussvolles Brummen.

»Schön machst du das! Du kannst bestimmt auch gut massieren. Mein Rücken ist von den letzten Nächten hier schon ganz verspannt«, merkte sie an.

»Ich werde mich später darum kümmern, versprochen! Aber erst einmal möchte ich schnell in die Stadt. Ich muss wissen, wie der Stand der Ermittlungen ist und noch ein paar Lebensmittel für uns besorgen. Wer weiß, wie lange ich den Wald nicht mehr verlassen kann, wenn die Suche nach dir intensiviert wird.«

»Gehst du jetzt sofort, oder frühstücken wir noch zusammen?« Sie schaute ihn hoffnungsvoll an.

»Hast du denn noch etwas zu essen hier?«

»Ich habe noch eine Packung Notkekse gebunkert. Ich konnte ja nicht wissen, ob du mir wirklich immer Essen bringst. Und die Flasche mit dem Kräutertee von gestern Abend ist noch halb voll.«

Sie knabberten die Butterkekse und tranken abwechselnd aus der Flasche. Dann brach Vikram schweren Herzens auf.

»Ich beeile mich, Evelyn. Ich bin so schnell ich kann wieder hier bei dir!« Als die Tür hinter Vikram ins Schloss gefallen war, diesmal ohne sie abzuschließen, sank Evelyn in der Mitte der Hütte auf den Boden. Ihre Knie gaben einfach nach. Sie konnte ihr Glück kaum fassen und weinte Freudentränen.

14

Vikram eilte so schnell er konnte durch den Wald. Der Gedanke an Evelyn beflügelte ihn. Schon saß er auf dem Fahrrad und sauste in die Innenstadt. Aus dem Bücherschrank angelte er sich etliche neuwertige Exemplare, ohne sie einer genaueren Inspektion zu unterziehen. Er steckte die Bücher schnell in seinen Rucksack, in dem schon der von Evelyn ausgelesene Krimi lag. Als Erstes visierte er Arnos Laden an. Er brauchte dringend Geld, denn Evelyn hatte ihn heute Morgen gebeten, ihr Unterwäsche zu besorgen.

»Ein paar Schlüpfer und einen BH hätte ich gerne«, hatte sie ihm verlegen zugeflüstert. Und Vikram hatte sich geärgert, wie er sie drei Tage lang in ihrer alten Unterwäsche hatte herumlaufen lassen können! Er selbst achtete stets darauf, gewaschen zu sein und frische Klamotten zu tragen. Er wollte nicht unzivilisiert erscheinen, nur weil er ein Leben als Aussteiger gewählt hatte.

»Du schon wieder hier!«, Arno grinste ihn verschmitzt an. »Und? Erzähl! Wie läuft es mit deinem Besuch?« Bei dem Wort *Besuch* wackelte er anzüglich mit seinen Augenbrauen.

»Ach Arno, …!«

»Ich verstehe: Der Gentleman schweigt und genießt.«

»Okay, ich gebe zu, vielleicht ist sie doch mehr für mich, als nur eine Bekannte.«

»Hab ich's doch gewusst! Und jetzt brauchst du

noch ein paar Euro mehr, damit du bei ihr Eindruck schinden kannst, was? Na, dann lass mal deine Schätze begutachten!«

Fröhlich pfeifend verließ Vikram den Buchladen mit fünf Euro mehr in der Tasche. Arno meinte es wirklich gut mit ihm. Im Gegenzug hatte er sich verpflichtet, Arno jedes schmutzige Detail zu berichten. Na, der Zweck heiligt bekanntlich die Mittel und Vikram musste es mit der Wahrheit ja nicht ganz so genau nehmen.

Auf dem Weg zum Sozialladen überquerte er den Marktplatz und stutzte. Er musste zweimal hinschauen: War das nicht Karl, der da vor der Kirche bettelte? Er ging zu ihm hinüber. Tatsächlich! Karl war immer noch glatt rasiert und trug saubere Klamotten.

»Hey Häuptling! Alles klar?« Er strahlte Vikram an. »Keine Löcher, keine Flecken!« Stolz präsentierte er seine Hose.

»Toll, wie kommt's?«

»Deine Schwester ist so eine nette Frau! Wir dürfen bei ihr im Gästezimmer wohnen. Und sie hat uns alte Klamotten ihres Mannes rausgesucht. Wir haben ihr versprochen, dass du dich bald bei ihr meldest. Sie hat uns immer wieder über dich ausgefragt, aber wir haben nichts verraten!« Karl war stolz wie ein kleiner Schuljunge, der seine Hausaufgaben richtig gemacht hatte.

»Und die beiden Kleinen sind so niedlich! Du musst dich echt melden!«

»Ja, ich melde mich, wenn alles vorbei ist.« Es war eh an der Zeit. Viel zu lange hatte er seinem Schwesterherz Kummer bereitet.

»Was macht die Frau? Die wird ja immer noch gesucht. Aber die haben sie bis jetzt nicht gefunden. Meine alte Hütte ist super, nicht wahr?

»Psst Karl! Bist du verrückt? Nicht so laut!«

Karl war gekränkt. Vikram klopfte ihm aufs Bein.

»Alles okay, Karl. Du machst deine Sache richtig klasse!« Mit seinen Worten zauberte er das Strahlen zurück auf Karls Gesicht. »Was macht Hermann?«

»Der macht sich nützlich. Er hilft deiner Schwester beim Renovieren. Und ich nutze die Zeit um uns was anzusparen, für unsere Rückkehr nach Hause, weißt du? Ich freue mich schon. Aber irgendwie läuft es heute nicht. Kaum jemand gibt etwas. Ich sehe wohl zu geschniegelt aus.«

»Na, dann wünsche ich dir trotzdem noch viel Erfolg. Ich melde mich, wenn ihr wiederkommen könnt. Bis dahin, weiter so!« Er reckte seinen Daumen in die Höhe und winkte Karl zum Abschied.

Als er weiter hetzte, passierte er Elektro-Peters und blickte zum Fernseher, der im Schaufenster stand. In den Nachrichten zeigten sie ein Foto von Evelyn. Kurz verharrte er vor ihrem Bild. Dann stürmte er in den Laden, um auch den Ton zu hören.

… fehlt noch immer jede Spur. Die Polizei wird jetzt Hunde bei ihrer Suche einsetzen. Zudem soll ein Hubschrauber mit einer Wärmebildkamera über das weitläufige Forstgebiet fliegen. Die Entführer haben sich nicht bei der Polizei gemeldet und die Chancen, Evelyn Kleiber noch lebend aufzuspüren, werden immer geringer.

Vikram starrte paralysiert auf das Foto der noch um einiges jüngeren Evelyn. Es war ein Ausschnitt aus ihrem Hochzeitsfoto. Sie trug ein Brautkleid und lächelte unbeschwert in die Kamera. Ihren Arm hatte sie bei jemandem untergehakt, der aber nicht zu sehen war. Bestimmt ihr Mann. Vikrams Magen krampfte sich zusammen. Warum suchten sie Evelyn mit ihrem Hochzeitsfoto? War es nicht besser, ein aktuelles Bild zu nehmen?

Er versuchte, den aufkommenden Schmerz zu unterdrücken und seinen Verstand wieder einzuschalten. Die Bedeutung der Worte des Nachrichtensprechers wurden ihm jetzt bewusst.

Oh, mein Gott! Er musste schleunigst zurück und Evelyn vor der Polizei in Sicherheit bringen! Er hastete in den Sozialladen und betete darum, dass Eva heute wieder da war. Aber statt seiner Freundin stand eine untersetzte junge Frau in einer pinken ausgeleierten Jogginghose hinter dem Tresen und schaute ihn missmutig an. Aus ihren kurz geschnittenen Haaren hingen einige längere, rot gefärbte Strähnen und ihr Blick sagte eindeutig, dass sie keinen Bock auf Kundschaft hatte.

»Wahrscheinlich mal wieder so eine, die hier ihre Sozialstunden abbummeln muss«, dachte sich Vikram. Er versuchte das Mädel freundlich anzulächeln, was ihm nur unzureichend gelang.

»Ist Eva heute nicht da?«

»Nee, kommt später«, nuschelte sie Kaugummi kauend.

»Wie kann ich helfen?« Gelangweilt spulte sie das gelernte Programm ab.

»Ich brauche einige Nahrungsmittel: Brot, Aufschnitt, Butter, Joghurt, Milch, Obst … Alles, was man nicht kochen muss. Mein Herd ist kaputt.«

»Mhm, dann reich mal 'nen Euro rüber. Ich schau mal, was da ist.«

Vikram gab ihr die Münze und die Frau schlappte an den Boxen mit den Lebensmitteln entlang. Vikram mahnte sich zur Geduld. Es würde sicher nicht schneller gehen, wenn er sie antrieb. Sie war nicht die Erste von dieser Art im Sozialladen. Wenn man etwas sagte, wurden sie nur aggressiv und machten extra langsam. Sie fühlten sich den Kunden überlegen und zeigten ihre störrische Macht gerne.

»Ach ja, und bitte auch Schokolade.«

»Extrawünsche gibt's nicht. Da könnte ja jeder kommen. Du musst dich mit dem begnügen, was g'rad da ist.«

»Und, ist denn Schokolade da?«

»Keine Ahnung, seh' ich g'rad nicht.«

Na klasse, und bei dieser unfreundlichen Plunschkuh sollte er jetzt noch nach Unterwäsche fragen? Vikram vermisste seine gutherzige Eva.

Die Frau schlurfte zum Tresen zurück und reichte ihm eine Tüte, die gerade mal halb so voll war, wie die, die er sonst von Eva oder den anderen Kolleginnen bekam. Immerhin sah er auf Anhieb zwei Packungen Brot, Schinken und Äpfel. Damit würden Evelyn und er sicher zwei bis drei Tage zurechtkommen.

»Sonst noch was?«

»Ich bräuchte noch ein paar Damenunterhosen und einen BH.«

»Und wo ist die Frau?«

»Zu Hause.«

»Da muss sie schon selber kommen. Ich darf Männern keine Damensachen rausgeben. Wer weiß, was die damit machen.«

»Aber das ist wirklich wichtig. Eva weiß schon Bescheid, da werden sie keinen Ärger bekommen. Außerdem ist ja sonst keiner da, der das mitbekommen könnte.« Er lächelte sie an, doch sie glotzte nur gelangweilt in die Gegend und machte eine Blase mit ihrem Kaugummi.

Als er sich nicht abwimmeln ließ, stöhnte sie demonstrativ und ging nach hinten ins Kleidungslager. Vikram schöpfte schon Hoffnung, aber vergeblich.

»Hier, fünf Boxershorts in Größe S. Das macht aber noch mal einen Euro.«

Ohne ein weiteres Wort drückte Vikram ihr das Geld in die Hand. Immerhin würde er nicht mit leeren Händen zu Evelyn zurückkehren. Einen BH brauchte sie ja vielleicht nicht ganz so dringend. Als Evelyn ihn gestern an sich gedrückt hatte, fühlten sich ihre Brüste schön fest und klein an. So wie er sie am liebsten mochte. Da konnte sie bestimmt auch mal eine kurze Zeit ohne BH überstehen.

Brauchte Evelyn eigentlich noch Hygieneprodukte? Vielleicht traute sie sich ja nicht ihn danach zu fragen. Und wenn sie noch etliche Tage ausharren mussten? Lieber ging er noch schnell in die Drogerie nebenan. Ratlos stand er vor den Regalen. Was würde sie wohl brauchen?

Es gab eine unüberschaubare Fülle an Tampons und Binden. Was hatte seine Frau früher eigentlich benutzt? Er hatte keine Ahnung und schämte sich für seine Ignoranz. Da er schnell nach Hause wollte, griff er einfach nach den billigsten Tampons. »Besser als nichts«, dachte er sich. Ohne groß zu überlegen schnappte er sich auch eine Packung Kondome und steckte sie ein. Ein bisschen träumen durfte man ja. Und was, wenn

Evelyn dasselbe träumte? Ein Mann sollte besser vorbereitet sein!

Zu seiner großen Freude sah er an der Kasse noch Nussschokolade, die auf den Cent genau sein Budget ausreizte.

15

Evelyn startete vor der Hütte ihr Schönheitsprogramm. Heute wusch sie sich extra gründlich und putzte doppelt so lange wie gewöhnlich ihre Zähne. Auch ihre Haare wusch sie mit der Seife, die sie von Vikram bekommen hatte. Es war doch egal, ob sie stumpf wurden, Hauptsache sie waren nicht fettig! Sie wollte gut für ihn riechen. Das Wasser, das Vikram ihr mitgebracht hatte, war wenig, aber es reichte genau aus, bis aller Schaum ausgespült war.

Mit nassen Haaren schaute sie sich neugierig um. Viel entdecken konnte sie nicht. Überall um sie herum war Grün. Sie fand die schmale Schneise, die Vikram durch seine Besuche ins Gebüsch geschlagen hatte, widerstand jedoch dem Drang, dem Weg zu folgen und sich weiter ihre neue Umgebung anzusehen. Es waren zwar keine menschlichen Geräusche zu hören, aber sie wollte auch nicht unbedarft Andreas in die Arme laufen.

Er war nicht der Typ, der sich zurückzog und seine Kollegen alleine nach ihr suchen ließ. Bestimmt war er auf eigene Faust auf der Suche. Und was würde er tun, wenn er sie fände?

Sie zog sich wieder zurück in die Hütte. Lieber wartete sie drinnen auf die Rückkehr von Vikram, auch wenn es ihr schwerfiel, ruhig zu bleiben vor lauter Aufregung. Sie konnte die Spannung kaum aushalten. Kurz nachdem sie die Tür wieder geschlossen hatte, spürte sie die Vibration von seinen stampfenden Füßen.

Er schlug sich rennend durch den Pfad in den Farnen und riss die Tür auf:

»Komm schnell, Evelyn, wir müssen hier weg! Ich nehme dich mit zu mir. Ist das okay?«

»Ja, klar«, stammelte sie überrumpelt.

»Gut, dann pack schnell deine Sachen zusammen.«

Er half ihr die wenigen Utensilien, die er ihr in die Hütte gereicht hatte, in seinem Rucksack zu verstauen. Dann breitete er seine Arme aus:

»Komm, spring auf!« Evelyn schaute ihn verständnislos an. Ein wenig machte Vikram ihr gerade Angst.

Vikram bemerkte ihren misstrauischen Blick und begriff.

»Ich werde dich tragen müssen, wir dürfen keine Spuren von dir hinterlassen. Wenn wir bei mir angekommen sind, erkläre ich dir alles! Mach dir keine Sorgen! Vertraust du mir?«

Evelyns Skepsis wich und mit einem inneren Prickeln ließ sie sich von Vikram auf seine ausgestreckten Arme schwingen. Er hatte keinerlei Schwierigkeiten sie auf Händen zu tragen. Sie hielt die Augen geschlossen und umklammerte seinen Hals. Vorsichtig ging er los, aber sobald er merkte, dass er sie sicher im Griff hatte, nahm er an Tempo zu und legte seinen Heimweg joggend zurück.

Er horchte, ob er den Hubschrauber bereits hören konnte. Mit einem Gefühl der Erleichterung registrierte er, dass sich bislang keine fremden Geräusche in sein vertrautes Waldspektrum mischten. Evelyn nahm nur die Wärme von Vikrams Körper wahr und genoss das angenehme Gefühl sich ganz auf ihn zu verlassen. Sie stellte sich vor, in einer Endlosschleife gefangen zu sein, auf ewig geborgen in Vikrams starken Armen durch den herrlichen Wald zu rauschen. Doch plötzlich hielt Vikram an.

Evelyn blickte sich um. Sie standen auf einer Lichtung. Aber hier gab es keine Hütte, kein Zelt oder sonst eine bewohnbare Unterkunft. Auch für Vikram war seine Höhle kaum noch zu erkennen. Er hatte ganze Arbeit geleistet, sie zu tarnen.

»Vikram, wo sind wir?«

»Bei mir zu Hause! Hier werden wir sicher sein!« Er schob einige Zweige, die er zum Schutz vor dem Eingang drapiert hatte, zur Seite und zwängte sich mit Evelyn durch einen kleinen Spalt ins dunkle Innere. Dann stellte er seinen Besuch sorgsam zurück auf ihre eigenen Beine.

»Ta-dah! Willkommen in meiner gemütlichen Höhle! Warte, ich mache schnell Licht, dann zeige ich dir alles.«

Er schaltete die große Lampe ein, die er an die Decke der Höhle gehängt hatte. Sie tauchte den Raum in ein wohliges Licht und Evelyn war beeindruckt.

»Du wohnst tatsächlich hier? In einer Höhle?«

»Jupp!«

»Wow. Du hast es dir hier wirklich hübsch gemacht. Ich hätte nie gedacht, dass man in einer Höhle leben kann. Aber es sieht eigentlich ganz gemütlich aus.« Sie drehte sich in der Mitte der Höhle einmal im Kreis. »Wie lange wohnst du schon hier?«

»Jetzt sind es wohl zehn Jahre. Willst du mit mir das Jubiläum feiern?«

»Zehn Jahre schon! Warum? Vermisst du denn nichts?«

»Nein, mir geht es gut hier.« Die andere Frage überhörte Vikram geflissentlich.

»Komm, wir machen einen Rundgang.« Er nahm Evelyn an die Hand und diese vergaß über die Freude der Berührung alle Zweifel, die ihr beim Anblick von Vikrams Behausung gekommen waren.

Er zeigte ihr den großen Vorraum mit seinem Bett, dem selbst gezimmerten Schrank für seine Klamotten, seinem Schreibtisch und seiner Kochvorrichtung. Um sie den Augen der Polizisten zu entziehen, hatte er diese mit ins Innere der Höhle geholt. Vikram war froh, dass sein Hals inzwischen nicht mehr kratzte und die Hustenanfälle rasch nachgelassen hatten. Er hatte gewusst, dass es eine saublöde Idee war, den Lachs hier drinnen zu kochen, aber ein offenes Feuer vor dem Eingang wäre zu auffällig gewesen.

In seine Kühlecke wollte Evelyn nicht krabbeln. So räumte Vikram alleine die Vorratstüte aus. Sie begutachtete in der Zwischenzeit ihre neuen Männerunterhosen.

»Na ja, wenn du sagst, es gab nichts anderes, besser als nichts!«

»Sorry! Die restlichen Klamotten, T-Shirts, Pullover, Hosen, was du so brauchst, kannst du dann gerne von mir leihen. Sie werden dir bestimmt nur ein wenig zu groß sein.«

»Okay, ist ja nicht für ewig. Aber sag mal, warum hast du mich denn jetzt hierher geholt?«

»Die Polizei will mit einem Hubschrauber und Wärmebildkamera nach dir suchen. Und Hunde sollen auch eingesetzt werden. Wir mussten also deine Spur verwischen.«

Evelyn war enttäuscht. Sie hätte zu gerne gehört, dass er sie bei sich haben wollte, dass er es nicht aushielt, sie alleine im Wald in einer schäbigen Hütte zu wissen. Irgendetwas in diese Richtung. Aber eine so nüchterne Erklärung?

»Und durch die dicken Höhlenwände können sie deinen schönen warmen Körper nicht orten.«

Vikram kam aus der Ecke zurück und umschlang von hinten ihre Taille. Er schloss seine Augen und legte seine Wange an ihren Hals.

»Außerdem, ich glaube, es war auch Eigennutz. Ich wollte dich so gerne in meiner Nähe haben. Die alte Hütte von Karl ist zwar nicht übel, aber ich denke, für eine Frau auf die Dauer auch nicht das Richtige.«

Evelyn sonnte ihre geschundene Seele in den herzlichen Worten von Vikram. Dass sie von einem Mann noch einmal so gewürdigt wurde, hätte sie sich bis vor Kurzem gar nicht vorstellen können. Ihre Enttäuschung löste sich in einem wohligen Schauer auf. Sie legte ihre Hände auf Vikrams und gab sich ganz seiner Umarmung hin.

»Bist du zufrieden mit meiner Wohnung?« Vikram wartete mit bangem Herzen auf Evelyns Antwort. Warum war sie so still geworden? Warum sagte sie gar nichts mehr? Sonst hatte sie doch immer so fröhlich dahergeredet. Wahrscheinlich war sie enttäuscht von seinem Lebensstil. Für ihn war sein Leben erfüllt, er brauchte nicht viel. Aber für eine Frau war so ein spartanisches Leben mitten in der Wildnis wahrscheinlich reiner Horror.

Evelyn löste ihre Hände und drehte sich in seiner Umarmung um. Sie schmiegte ihr Gesicht in seine

Halsbeuge. Schon lange hatte sie sich nicht mehr so wohl gefühlt. Wie sollte sie dieses neue Gefühl in Worte fassen?

»Nein, wieso entsetzt? Du hast es schön hier. Mir gefällt's. Danke, dass du mich hergebracht hast.«

Vikram war erleichtert. Seine Sorge, dass Evelyn sich gleich wieder von ihm abwenden würde, war unbegründet.

Er legte seine Hände auf ihre Schultern und streichelte Evelyn sanft bis hinunter zur Hüfte. Er hob seinen Kopf, um sie anzuschauen.

»Hast du schon Hunger? Soll ich uns Mittagessen machen? Kochen können wir hier drinnen leider nicht, also gibt es was Kaltes. Aber – ich weiß nicht, wie es dir geht – mir ist in deiner Gegenwart sowieso zu heiß!«

»Mir auch«, hauchte sie noch, bevor sich ihre Lippen trafen. Ihr erster Kuss war weich und zurückhaltend. Schüchtern lösten sie sich wieder voneinander und blickten sich in die Augen. Vikram zeichnete mit seinem Daumen die keck geschwungene Linie von Evelyns Oberlippe nach.

»Wie zart deine Lippen sind,« staunte er. Kurz vor der Stelle, die aufgeplatzt war, ließ er seine Hand sinken. Mit dem Schorf sah sie richtig verwegen aus.

»Tut es noch weh?«

Stumm schüttelte Evelyn den Kopf. Vikram beugte sich erneut zu ihr. Sie schloss ihre Augen und erwiderte seinen Kuss, diesmal nachdrücklicher. Ihr zweiter Kuss war fest und intensiv. Nach einer Weile wurde Evelyn schwindelig und sie war froh, dass Vikram sie sicher in seinen Armen hielt. Sie unterbrach den Kuss nur ungern:

»Jetzt hätte ich gerne doch erst einmal eine Stärkung.« Ihr herrlich erfrischendes Lachen war Musik in Vikrams Ohren.

»Gut, dann mache ich uns einen Imbiss. Du darfst dich gerne währenddessen auf dem Bett ausruhen.« Er drückte seine Lippen noch einmal auf Evelyns und löste sich schweren Herzens von ihr.

Sie nahm sein Angebot an und beobachtete vom Bett aus, wie er aus Brot, Käse und Gurken leckere Sandwiches schmierte. Als er ihr den Teller reichte, grinste sie ein lustiges grünes Gesicht an. Freudig überrascht versuchte sie vergeblich die Tränen der Rührung zurückzuhalten. Sie fühlte sich zum ersten Mal seit langer Zeit geschätzt und gewürdigt. Als Vikram liebevoll die Freudentränen von ihren Wangen wischte, wurde ihr bewusst, dass sie ihn mit allen Fasern ihres Körpers liebte und begehrte. Auch Vikram stellte überrascht fest, dass seine ganze Liebe dieser zauberhaften Frau gehörte und er endlich mit seiner Vergangenheit abschließen konnte. Überwältigt von ihren Gefühlen schauten sie sich an und aßen in stummem Verständnis ihr Brot.

Danach sanken sie aufs Bett und hielten sich sprachlos vor Glück fest in den Armen.

16

»Ist das der Hubschrauber?« Evelyn schreckte auf und Panik schwang in ihrer Stimme mit. Draußen brummte deutlich hörbar der Rotor eines Hubschraubers.

»Ja, jetzt machen sie wohl die Wärmebildaufnahmen. Gut, dass wir hier geschützt sind.«

»Meinst du, das reicht? Müssen wir uns nicht lieber verstecken?« Hektisch sah sich Evelyn um. Die Einrichtung der Höhle bot nicht viele Möglichkeiten. Vikrams Schrank war viel zu klein.

»Nein, keine Sorge! Über uns ist eine solide Felswand. Hier werden sie uns nicht finden. Wir können uns nur die Decke über den Kopf ziehen und abwarten.«

Vikram zog seine Bettdecke schwungvoll vom Fußende und breitete sie über Evelyn und sich aus. Unter der Decke war das Geräusch des Hubschraubers nur noch ein leises Rauschen. Evelyn klammerte sich ängstlich an Vikram. Er kuschelte sich eng an ihren Körper und genoss die Zweisamkeit.

Vikram versuchte Evelyn mit einem Gespräch von der drohenden Gefahr abzulenken.

»Verpasst du eigentlich gar nichts?«

»Nein, was sollte ich verpassen?«

»Fehlst du bei der Arbeit? Oder hast du Kinder, die dich vermissen?«

»Nein, Kinder habe ich leider nicht. Sonst würde ich wohl nicht seelenruhig im Wald hocken.«

»Ja, da hast du recht«, schmunzelte Vikram. »Blöde Frage.«

»Und arbeiten erlaubt mir mein Mann nicht. Das fehlt mir sehr«, seufzte sie.

Die Erwähnung ihres Mannes versetzte Vikram einen Stich, doch er hörte fasziniert zu, was Evelyn ihm erzählte. Er wollte alles von ihr wissen. Es interessierte ihn, wie sie lebte, was sie dachte, und er wollte ihr Leid teilen, damit es gelindert wurde. Sie berichtete ihm schonungslos alles, was ihr in den Jahren seit ihrer Hochzeit widerfahren war und es tat ihr gut, sich mitzuteilen. Zu lange hatte sie geschwiegen und nun sprudelte alles ungefiltert hervor.

Vikram hielt sie in seinen Armen und spendete Trost.

»Ab jetzt wird alles besser. Du sollst endlich glücklich werden und ich verspreche dir, ich werde alles dafür tun!«

»Hilfst du mir, ein neues Leben aufzubauen?«

»Ja, mit Freuden! Und ich werde mich darum kümmern, dass du deinen Mann nie wieder sehen musst!«

»Und was kann ich für dich tun? Wie kann ich dich glücklich machen?«

»Wieso? Ich bin doch glücklich hier im Wald.«

»Vikram«, Evelyn streichelte zaghaft seine Wange und blickte ihn an, »deine Augen erzählen etwas anderes.«

»Mhm«, brummte Vikram und schaute zur Seite.

»Du willst nicht darüber sprechen?«

»Nein!«

»Hat es mit einer Frau zu tun?«

»Das ist Vergangenheit.«

»Okay, das verstehe ich.« Evelyn versuchte sich ihre Ernüchterung nicht anmerken zu lassen. Sie setzte eine heitere Miene auf, kitzelte ihn neckisch am Bauch und fragte das Erstbeste, was ihr einfiel.

»Kommt der halbe Inder von deiner Mutter oder deinem Vater?«

»Den habe ich meinem Vater zu verdanken. Vikram Singh. Leider habe ich ihn nicht kennengelernt, er ist vor meiner Geburt nach Indien zurückgekehrt. Meine Mutter hat ihn nie wieder gesehen. In Erinnerung an ihren Geliebten hat sie mir seinen Namen gegeben.«

»Hast du jemals versucht deinen Vater in Indien zu finden?« Evelyn fand die Vorstellung unheimlich aufregend, aber Vikram winkte ab.

»Ach nein, ich habe ihn nicht vermisst.«

»Indien würde mich schon interessieren.«

»Ich war noch nie dort. Es hat sich bislang nicht ergeben.«

»Das ist aber schade. Und deine Mutter?«

»Meine Mutter ist inzwischen gestorben.«

»Ach, wie tragisch! Und traurig!« Evelyn kamen schon wieder fast die Tränen.

»Jetzt lassen wir mal die deprimierenden Geschichten und kommen wieder auf andere Gedanken!« Vikram lehnte sich über Evelyn und küsste sie leidenschaftlich. Langsam fuhr seine Hand dabei unter ihr T-Shirt und Evelyn hatte nichts dagegen einzuwenden.

Gerade als sie die Augen geschlossen hatte und seine Berührungen genoss, bellte ein Hund vor dem Höhleneingang. Beide schreckten hoch und Evelyn warf sich zitternd an Vikrams Brust.

»Ganz ruhig«, flüsterte Vikram. Er wiegte Evelyn in seinen Armen beruhigend hin und her.

»Wenn wir ganz leise sind, werden sie uns nicht bemerken. Die Höhle ist gut versteckt.«

Angespannt hockten Vikram und Evelyn aneinander geklammert auf dem Bett und wagten es kaum zu atmen. Die Hunde hechelten angestrengt und bellten aufgeregt durch den Wald. Plötzlich mischten sich unter die Geräusche der Hunde auch menschliche Stimmen. Es schien als würden sie näher kommen.

»Vikram, was machen wir jetzt?«, flüsterte Evelyn in sein Ohr.

»Sie werden uns nicht finden!«

»Bist du dir sicher?«

Die Geräusche verharrten an einem Ort. Es klang sehr nah. Keine hundert Meter vom Höhleneingang schienen die Hunde Witterung aufgenommen zu haben. Vikram wurde unruhig, doch er musste Evelyn gegenüber Sicherheit ausstrahlen. Sie vertraute ihm.

Wie viele Polizisten würden es wohl sein? Er verwarf den Ansatz seiner Idee, es mit ihnen aufnehmen zu können. Er konnte nur hoffen, dass die Hunde nicht bis zum Höhleneingang vordrangen. Und Evelyn hoffte ebenso, dass ihr neues Leben nicht hier und jetzt endete. Im Stillen betete sie um ein Wunder.

Die Wartezeit zog sich eine Ewigkeit hin. Immer wieder wirkte es, als käme die Einsatzgruppe näher, doch stets entfernten sich die Geräusche ebenso rasch. Vikram konnte kein Muster in der Suche erkennen. Das beunruhigte ihn auf einer Seite, da er nie sicher sein konnte, dass die Polizei endgültig vorbei gegangen war. Andererseits schienen die Suchhunde recht planlos zu sein. Sonst hätten sie längst die Fährte aufgenommen und eine Sondereinheit zu ihnen geführt.

Irgendwann wurde das Bellen stetig leiser und verschwand schließlich ganz.

Dennoch blieben Evelyn und Vikram noch lange Zeit still sitzen.

Nach einer gefühlten Ewigkeit flüsterte Evelyn:

»Meinst du, sie sind weg?«

»Glaube schon. Siehst du, die Höhle ist sicher!« Er lächelte Evelyn aufmunternd zu. »Und, wollen wir weitermachen, wo wir aufgehört haben?«

17

Evelyn war zu aufgewühlt um sich Vikram hinzugeben. Zu sehr erinnerte sie sich an die Zeiten im Schrank, als sie voller Angst auf die Rückkehr von Andreas wartete. Wie aus dem Nichts überkamen sie die Gefühle von damals: die Unsicherheit, die Machtlosigkeit und das zerstörte Selbstwertgefühl. Sie zitterte am ganzen Körper.

Vikram legte seinen Arm um sie und zog sie an sich heran. Evelyn schreckte zurück. Seine forsche Art erinnerte sie in diesem Moment an den frühen Andreas, als er sich noch für sie interessierte. Was ist, wenn der Traum mit Vikram in einem ebenso großen Desaster enden würde? Sie sagte sich: »Der Mann lebt im Wald. Er hat dich entführt. Er ist ein Wilder.«

»Was ist los?« Vikram ließ erschrocken von ihr ab.

Sie hielt inne: »Das ist mir gerade zu viel.«

Sie starrte ihn prüfend an. Vikram bemerkte ihren skeptischen Blick und stand auf.

»Vielleicht sollte ich mich ums Abendessen kümmern.«

Evelyn legte ihren Kopf auf die Matratze und schloss ihre Augen. Sie fragte sich, ob das alles richtig sei. Wie hieß das noch, wenn man mit seinem Entführer sympathisierte? Stockholm Syndrom? Davon hatte sie doch schon mal gehört. Vielleicht litt sie jetzt darunter und bildete sich ihre Gefühle für Vikram nur ein. Das konnte doch sein. Und Vikram? War er nur darauf aus Frauen zu entführen, um seine Lust zu befriedigen?

Was machte er später mit ihnen, wenn er keine Lust mehr auf sie hatte?

»Schokolade?«, durchbrach Vikram ihre Gedanken. Er lächelte sie an, als sie ihre Augen öffnete.

Zögernd griff sie nach dem Riegel und schob ihn sich in den Mund. Vikram hatte sich an die Seite des Bettes gesetzt.

»Wie war deine Kindheit? Hattest du ein gutes Elternhaus?«, fragte er sie unvermittelt.

Sie antwortete ihm und erzählte vieles von der Zeit, als sie noch jung war. Aus der Zeit vor Andreas. Sie war glücklich gewesen und die Erinnerung an dieses Glück erhellte ihre finsteren Gedanken. Sie war noch nie einem Menschen so nahe, dass sie ihm alles erzählen konnte und der ihr auch so geduldig zuhörte. Vikram konnte kein schlechter Mensch sein! Ein Frauen-Entführer, der nur seine Lustbefriedigung im Sinn hatte, würde sich sicherlich nicht für die Kindheit seiner Opfer interessieren.

Von sich erzählte Vikram hingegen kaum. Er blieb nebulös. Die Berichte seiner Jugend beschränkten sich auf Erzählungen seiner Lieblingsfernsehserien. Die meisten hatte Evelyn auch geschaut.

Fast immer waren sie über die Qualität einer Sendung der gleichen Meinung, nur beim *A-Team* schieden sich ihre Geister. Sie musste lachend zugeben, dass sie immer sofort enttäuscht den Sender gewechselt hatte, wenn sie den dicken Ex-Wrestler auf dem Bildschirm erblickt hatte. Vikram spielte ihr seine Entrüstung vor, meinte, dass es sich bei *Mr. T* um seinen absoluten Lieblingsschauspieler handelte und deshalb das *A-Team* seine ultimative Lieblingsserie sei. Er könne niemals verstehen, wie man die nicht mögen könnte. Er schilderte die Story von den unschuldig gejagten Helden, die das Unrecht bekämpften und ihre Ehre über alles stellten. Sie halfen den Unterdrückten und verlangten kein Geld, sondern nur einen Gefallen, irgendwann. Er sah eine Ähnlichkeit in ihrer Situation: Sie werde von ihrem Ehemann gejagt, von der ehrlosen Ordnungsmacht. Er sei ihr *Mr. T.*, er werde sie beschützen.

Evelyn lächelte ihn an. »Dann werde ich heute wohl lieber nicht umschalten!«

»Trotzdem mochte ich das *A-Team* nicht«, gab Vikram zwinkernd zu. »Da waren mir zu viele Explosionen.«

Ihre erste Meinungsverschiedenheit löste sich in einem großen Lachanfall auf.

Als beide kaum noch Luft kriegten, ließen sie sich aufs Bett fallen. Vikrams Lachen war so sexy und überwältigend, dass sie nicht mehr von ihm lassen konnte. Sie küsste ihn stürmisch, und ehe sie sich versahen, lagen sie nackt beieinander.

Vikram stützte sich über sie. Seine dunklen Augen trafen Evelyns. Und sie dachte, er blickte ihr mitten ins Herz. Er berührte sie liebevoll am ganzen Körper. Er streichelte ihre Beine, ihren Bauch, ihre Brüste. Er war ein zärtlicher und fürsorglicher Liebhaber. Evelyn ließ sich zurückfallen. Jede Sekunde seiner Intimitäten genoss sie in vollen Zügen. Nach den langen sexlosen Jahren war sie völlig überwältigt von der neu erwachten Leidenschaft.

Er küsste sie überall. Eine gefühlte Ewigkeit verwöhnte Vikram ihren Körper. Als er fertig war, nahm er sie fest in den Arm. Vor Aufregung konnte sie nicht schlafen. Sie drehte ihren Kopf zur Seite und beobachtete Vikrams seliges Lächeln im Schlaf.

»Vikram und Evelyn. Evelyn und Vikram.« In Gedanken drehte sie ihre beiden Namen hin und her. Sie klangen gut zusammen. Richtig.

Sie war fasziniert von seinen dunklen Augen und seiner höflichen Art. Dass ein Mann so sanft und trotzdem stark und männlich sein konnte, hätte sie nie für möglich gehalten. Andreas war schon immer rau und ruppig gewesen, auch in den Anfangszeiten, als er sie noch auf Rosen gebettet hatte. Evelyn hatte angenommen, dass alle Männer so seien, und stellte nun fest, dass sie Nachholbedarf hatte.

Sie verdrängte Andreas aus ihrem Kopf und freute sich darauf, mit Vikram die Liebe und ihr Leben neu zu entdecken. Sie kuschelte sich eng an ihn und legte ihren Arm auf seine nackte Brust. An seine tiefen Atemzüge angepasst, schlief auch Evelyn bald ein.

Vikram hatte das Frühstück so leise wie möglich zubereitet. Der Joghurt mit Müsli und Apfelstücken stand schon bereit. Nun musste Evelyn nur noch aufwachen. Er saß vor dem Bett und beobachtete gerührt Evelyns Mienenspiel. Bald würde sie die Augen aufmachen und ihn anschauen. Bislang kräuselte sich nur ihre Nase und ihr Mund zeigte ein zufriedenes Lächeln. Er merkte, wie das Begehren in ihm aufstieg. Wie gerne würde er erneut ihre Lippen liebkosen und seine Händen auf ihrem Körper auf und ab gleiten lassen. Er wollte sie spüren, war verrückt nach der Wärme ihrer Haut. Er legte die Packung Kondome bereit. Leise zog er seine Hose und das T-Shirt, das er heute Morgen gegriffen hatte, wieder aus, stieg zu seiner Angebeteten ins Bett und presste sich an sie.

Evelyn reagierte mit einem Geräusch des Wohlbefindens und schlug die Augen auf. Sie schaute ihn kurz verliebt an und schloss ihre Lider unter seinen innigen Berührungen direkt wieder. Vikram genoss die neu erweckte Härte in seinem Schritt und war überrascht, als Evelyn diese ebenfalls bemerkte, sich ein Kondom aus der Packung angelte und es ihm mit geschickten Fingern überstreifte. Sie drehte sich auf ihn und versenkte seine pralle Männlichkeit in ihrem warmen Schoß. Vikram lehnte sich zurück und genoss die wohligen Schauer. Rhythmisch trieb sie ihn zum Höhepunkt und fiel dann erschöpft auf seine Brust.

Den gesamten Tag verbrachten sie nackt in der Höhle. Vikram bestaunte ihren grazilen Körper. Evelyn konnte ebenfalls nicht von Vikrams Anblick lassen. Sie verzehrten sich nach einander. Sie aßen Frühstück, Mittag und Abendessen. Dazwischen liebten sie sich ausgiebig und führten tiefsinnige Gespräche. Evelyn konnte nur über die tiefe Verbundenheit staunen, die in so kurzer Zeit entstanden war. Sie vergaß alles um sich herum.

18

Am nächsten Morgen trauten sich Vikram und Evelyn zum ersten Mal wieder aus der Höhle. Am gesamten gestrigen Tag hatten sie keine verdächtigen Geräusche mehr vernommen. Die Polizei schien ihre Suche in diesem Teil des Waldes erfolglos eingestellt zu haben. Vikram beschloss, dass es an der Zeit war, die Feuerstelle draußen wieder aufzubauen und sich endlich einen Kaffee zu kochen. Evelyn nahm dankbar ihre heiße Tasse Tee entgegen. Auch wenn es Sommer war, in der Höhle blieb es kühl. Nach dem aufregenden Tag im Bett brauchten beide eine Pause vom gegenseitigen Wärmen ihrer Körper. Nun saßen sie Arm in Arm auf der Lichtung und ließen sich von den ersten Sonnenstrahlen begrüßen.

Evelyn genoss den friedlichen Morgen. Niemand, der meckerte, dass das Frühstück nicht punktgenau auf dem Tisch stand; niemand, der sie anschrie, weil der Kaffee nicht schmeckte. Wie sollte sie als Teeliebhaberin auch wissen, wann der Kaffee perfekt war? Egal wie sie ihn aufbrühte, es schien immer falsch gewesen zu sein. Selbst als Andreas sich eine Nespresso-Maschine kaufte und demonstrativ in die Küche stellte, war der Kaffee, den sie damit machte, ihm nicht gut genug.

Sie war fasziniert von der Ruhe im Wald, die nur vom Singen der Vögel durchbrochen wurde. Sie ließ sich ins Gras sinken und lauschte dem Gesang mit geschlossenen Augen.

Leise hatte Vikram sich neben sie gelegt. Er konnte

den zarten bleichen Oberschenkeln, die aus den Männer-Boxershorts lugten, nicht widerstehen.

»Morgen würden ihre Beine bestimmt Farbe bekommen haben«, dachte er noch, als er seinen Kopf nach vorne beugte, um Evelyn zu küssen. Sie bemerkte seine Nähe erst, als seine Lippen die ihren berührten.

»Hey«, murmelte Evelyn. »Willst du mich erschrecken?«

»Nein«, lachte Vikram. »Nur überraschen!«

»Das ist dir gelungen!«

Evelyn zog Vikram an sich heran und schmiegte sich an seine Brust. Sofort durchfuhr ein heißer Schauer ihren Körper und sie bekam schon wieder Lust. Vikram kam ihr zuvor, streifte das T-Shirt über ihren Kopf und liebkoste ihre nackten Brüste. Evelyn entledigte sich selbst ihrer Boxershorts, dann waren Vikrams Shirt und Jeans an der Reihe. Ihrer Vereinigung stand nun nichts mehr im Weg.

Sie lagen beieinander, bis die Sonne hoch am Himmel stand.

»Es ist so herrlich, so friedlich! Ich kann gut verstehen, warum du hier im Wald lebst.«

»Ja, das ist es. Genau das hatte ich gesucht.«

»Aber«, Evelyn zögerte kurz, traute sich dann aber doch ihre Frage zu beenden. »Entbehrst du hier nicht auch sehr viel?«

»An was denkst du?«

»Die moderne Technik zum Beispiel. Wenn du vor zehn Jahren hierher gekommen bist, dann kennst du doch gar keine Smartphones, oder Facebook, oder die großen Flatscreen-Fernseher.«

Vikram kratzte sich nachdenklich am Kopf. »Okay,

damit habe ich tatsächlich noch nicht so viel zu tun gehabt. Aber ich kenne alles! Schließlich lese ich Zeitung.«

»Und andere Menschen?«

»Wegen denen bin ich hier. Sie wussten nicht mehr, wie sie mir begegnen sollten, und ich nicht, wie ich ihnen begegnen sollte«, gab sich Vikram kryptisch.

»Aha.« Evelyn zermarterte sich den Kopf, was das wohl heißen sollte. Er wirkte auf sie nicht wie jemand, der sozial gestört war.

»Dann fehlt dir wirklich nichts?«

»Bisher habe ich mir gar keine Gedanken darüber gemacht. Erst jetzt, wo du mein Leben durcheinanderwirbelst, kommen mir erste Zweifel«, gestand Vikram ein. »Aber dann sehe ich die wunderschöne Natur und die Ruhe. Und ich weiß, dass ich am richtigen Ort bin.« Vikram zog sich seine Hose an und stand auf. »Und jetzt wollen wir mal in die Gänge kommen. Ich werde uns was Schönes kochen und, wenn du magst, kannst du deine Wäsche oben am Wasserfall waschen.«

»Oh ja, gerne!«

»Komm, dann zeig ich ihn dir.«

Evelyn schnappte sich ihre Schmutzwäsche und lief beschwingt hinter Vikram den Weg hinauf. Der Wasserfall war ein schmales Rinnsal, das aus einem Felsen plätscherte. Evelyn war enttäuscht. Bei dem Wort Wasserfall hatte sie andere Erwartungen gehabt. Doch Vikram erklärte ihr, dass er nur im Sommer so klein war. »Während der übrigen Jahreszeiten sprudelt er üppiger.«

»Oh, da bin ich gespannt, das muss ich sehen!«

Vikram hoffte sehr, dass Evelyn auch jetzt, nach ihrer *Befreiung* bei ihm im Wald bleiben würde. Er war skeptisch, ob ihr sein reduziertes Leben auf Dauer gefallen könnte. Würde sie erst einmal wieder in die Stadt ziehen und sich dort ein neues Leben ohne ihren Mann aufbauen, würde er vielleicht schneller vergessen sein, als sie jetzt zugeben würde. Doch was konnte er schon dagegen machen, außer zu hoffen.

Er versuchte die düsteren Gedanken beiseite zu schieben. Evelyn war hier, bei ihm. Er spürte ihre physische Gegenwart in seinen Lenden. Am liebsten würde er sie schon wieder ausziehen und mit ihr in den kleinen Tümpel unterhalb des Wasserfalls steigen. Aber er wollte sie nicht überfordern. Der gestrige Tag und der heutige Morgen waren intensiv genug gewesen, nun mussten sich ihre Körper erst einmal erholen. *Vielleicht am Abend, unter dem Sternenhimmel …*

»Was ist, Vikram, was grinst du so?«

»Ach nichts. Ich freue mich einfach, dass du da bist!«

Den gemeinsamen Tag im Wald fand Vikram herrlich. Sie hatten sich viel zu erzählen und es war so leicht und beschwingt mit Evelyn gewesen. Sie hatten zusammen Nudeleintopf gegessen und danach auf der Lichtung gechillt. Sie war in ihr Buch versunken gewesen und er hatte seinen Blick nicht von ihr abwenden können.

Er hätte ihr mehr Ruhe gönnen sollen, aber er hatte sich einfach nicht beherrschen können. Sie machte ihn verrückt, ihr Körper brachte den seinen immer wieder in Wallung. Den ganzen Nachmittag über hatte er es noch geschafft seine Begierde unter Kontrolle zu halten, doch als es dunkel wurde und die Sterne funkelten, ging ihm die ersehnte Nummer am Wasserfall nicht mehr aus dem Kopf.

Er hatte Evelyn den Weg zum Bach hinauf geführt und sie hatte seinen Gedanken sogleich erraten. Bevor er irgendetwas hatte machen können, stand sie nackt vor ihm. Ihre Haare fielen locker auf ihre Apfelbrüste und ihre Brustwarzen reckten sich ihm neckisch entgegen. Sie wollte ihn genauso sehr, wie er sie. Die Gewissheit, dass die sexuelle Spannung, die er zwischen ihnen spürte, auf Gegenseitigkeit beruhte, hatte ihn alles um sich herum vergessen lassen.

Jetzt lag er neben ihr. Sie waren nackt in die Höhle zurückgekehrt und hatten sich gleich wieder ins Bett gelegt. Diesmal jedoch tatsächlich zum Schlafen. Er strich ihr sanft über die Wange. Ganz leicht nur, damit sie nicht aufwachte. Sie war eine wunderschöne Frau. Aber er mochte nicht nur ihr Äußeres. Sie war nicht nur fürs Bett bei ihm. »Nein, nicht nur dafür!«, bestätigte er sich noch einmal in Gedanken. Er liebte auch ihren Verstand, ihren Sinn für Humor. Und klar, natürlich fand er sie unglaublich sexy. Sie erheiterte sein Herz und machte sein Leben seit langer Zeit wieder unbeschwert.

Morgen würde er sie kurz alleine lassen müssen. Er wollte in die Stadt und herausfinden, wie der Stand der Ermittlung war, wie lange diese Situation noch Bestand haben würde. Auf der einen Seite hoffte er, dass die Suche endlich eingestellt worden war, damit sich Evelyn wieder frei bewegen konnte. Vielleicht könnten sie ihr gemeinsam die Haare färben und er würde sich um neue Anziehsachen für sie bemühen. Und um eine große Sonnenbrille. Mit einer solchen Verkleidung könnten sie bestimmt auch mal zu zweit den Wald verlassen, ohne dass sie gleich erkannt wurde.

Andererseits fürchtete er sich davor, dass sie, sobald die Luft rein war, ihre Sachen packen und ihr neues Leben ohne ihn starten würde. Sie würde bestimmt nicht im Wald bleiben, auch nicht hier in der Stadt. Die Gefahr gefunden zu werden war zu groß. Das war ihm durchaus bewusst. Seine Gedanken drehten sich im Kreis, immer wieder zurück zu diesem Punkt. Er wollte nicht schon wieder eine Frau verlieren.

Nach einer unruhigen, grüblerischen Nacht verabschiedete sich Vikram am Morgen schweren Herzens von Evelyn. Seine Stimmung war düster, aber er hatte versucht, diesen Umstand während des kurzen gemeinsamen Frühstücks vor Evelyn zu vertuschen.

Auch sie hing heute schweren Gedanken hinterher. Ihr graute davor, was er in der Stadt erfahren würde. Sie wollte noch möglichst lange die Einsamkeit mit Vikram genießen.

»Pass gut auf dich auf, ja Evelyn? Bleib am besten in der Höhle! Es passiert zwar nicht oft, aber falls ein Fremder vorbeikommt, verstecke dich. Wer weiß, wer es ist.«

»Ist gut. Ich bleibe drinnen. Ach Vikram, ich mag dich gar nicht gehen lassen!« Evelyn schlang ihre Arme um Vikram und gab ihm einen leidenschaftlichen Kuss. Er erwiderte ihn und zog mit schweren Schritten davon.

Evelyn ging hinein und schlüpfte aus Vikrams Hose. Sie legte sich in Boxershorts und T-Shirt zurück ins Bett. Sie kuschelte sich in die Decke und schlug ihren Krimi auf.

19

Vikram radelte an diesem Morgen angespannt die Straße hinunter in die Stadt. Er war sich bewusst, dass er nicht auffallen durfte. Die Polizei war noch immer hellhörig. Und bei einer Passkontrolle hätte Vikram wohl schlechte Karten. Sie würden sich wundern, was er im Wald tat und woher er kam. Wenn sie dahinter kämen, dass er dort in einer Höhle lebte, wäre er als Verdächtiger leicht ausgemacht. Und es war ja auch nicht so, dass er nichts zu verbergen hatte.

Am liebsten wäre er direkt umgekehrt. Er verzehrte sich schon nach den ersten Kilometern sehr nach Evelyn. Aber er blieb stark. Außerdem durfte er seine Konzentration nicht verlieren. Eine Unachtsamkeit und er könnte in eine Falle laufen. Die paar Stunden würden an ihren Gefühlen füreinander nichts ändern. Die Zeit alleine würde beide ein wenig zur Ruhe kommen lassen und die Wiedersehensfreude nach der Trennung würde ihre Leidenschaft erneut befeuern. Er konnte es kaum erwarten, wieder nach Hause zu kommen. Und welch ein Glück, dass er in der Hose, die er heute Morgen Evelyn geliehen hatte, auch noch einige Münzen gefunden hatte. Er hatte sie lange nicht angezogen und konnte gar nicht mehr sagen, woher das Geld stammte. Aber das bedeutete, dass er diesmal nicht beim Bücherschrank und bei Arno vorbei musste und somit einiges an Zeit und blöden Kommentaren einsparte.

Das Geld erlaubte ihm heute, Informationen aus erster Hand zu erhalten. Er ging in einen Kiosk, um eine aktuelle Zeitung zu kaufen. Die konnten er und Evelyn später gemeinsam lesen, und er musste nicht vorm Elektroladen auf die Nachrichten warten. Als er mit dem Lokalblatt vor der Kasse stand, las er sich die Schlagzeilen, der auf dem Tresen drapierten Boulevardzeitungen, durch.

Ist der Ehemann der Mörder???
Evelyn K. im eigenen Garten verscharrt?
      Und:
LKA-Beamter auf Abwegen - Die ganze Wahrheit
über Andreas K.

Wow, was war bloß in den letzten zwei Tagen passiert? Draußen schlug Vikram die Zeitung auf. Das war ja kaum zu glauben, das musste er direkt lesen. Ob Evelyn wusste, dass ihr Ehemann Dreck am Stecken hatte? Erwähnt hatte sie davon nichts. Vielleicht würde sie ihn einfacher loswerden, als sie bislang glaubte.

Er zwang sich, den Artikel in Ruhe zu lesen, um nichts falsch zu verstehen. Dann ließ er fassungslos die Zeitung sinken. Das waren fantastische Neuigkeiten! Evelyns Spur hatte sich tatsächlich im Wald verloren. Eine Tabea M., anscheinend eine Freundin von Evelyn, äußerte daraufhin gegenüber der Polizei ihren Verdacht, dass der Ehemann die Entführung nur vorgetäuscht habe, um davon abzulenken, dass in Wahrheit er selbst Evelyn umgebracht hatte. Sie ging davon aus, dass Andreas Evelyn im eigenen Garten vergraben hatte.

Die Polizei verfolgte nach der ergebnislosen Suche auch diese Spur. Bei der Überprüfung von Andreas hatte die Polizei festgestellt, dass er seit Jahren ein

Doppelleben führte: einerseits als aufrichtiger LKA-Beamter, der immer ordentlich und zuverlässig gearbeitet hatte, andererseits war er gleichzeitig im großen Stil in die Drogengeschäfte eines zwielichtigen Bordells involviert. Momentan saß er in Untersuchungshaft und die Polizei war damit beschäftigt, sein Haus und den Garten zu durchkämmen.

Vikram jubelte innerlich. Der Wald war als Tatort nicht mehr von Bedeutung. Er und Evelyn konnten sich nun also frei bewegen. Und noch viel besser war, dass das Fehlverhalten ihres Mannes doch für etliche Jahre Knast reichen müsste! In der Zwischenzeit konnten er und Evelyn sich in Ruhe ein neues Leben aufbauen.

Vikram war in Gedanken versunken weiter gelaufen, in Richtung Sozialladen. Er hielt in der Bewegung inne. Hatte er das gerade wirklich gedacht? War das sein Ernst? Er horchte in sich hinein. Ja, er fühlte ein unbändiges Verlangen, mit Evelyn zusammenzubleiben. Er wollte nichts lieber, als mit ihr ein neues glückliches Leben aufzubauen. Und – er glaubte es selbst kaum – für Evelyn würde er sogar seine Höhle und den Wald aufgeben.

Als er den Sozialladen betrat, sah er gleich Evas graue Haare.

»Eva, wie schön. Ich habe dich vermisst.«

»Hab's schon gehört, du hast Bekanntschaft mit Jessica gemacht. Sie hat dich als widerlichen Lüstling beschrieben. Ich habe dich gleich erkannt.« Eva grinste ihn an, Vikram lächelte gequält zurück.

»Du brauchst also Frauenwäsche, was? Bleibt dein Damenbesuch länger?«

»Ja, Eva, du hattest wohl recht. In meinem Leben

fehlte die Liebe. Aber: Ta-dah! Das hat sich unverhofft geändert. Mein Besuch hat sich als echter Glücksfall herausgestellt: witzig, intelligent und hübsch. Aber sie hatte nur wenig Kleidung dabei und möchte gerne noch länger bleiben. Und, du weißt ja, ich kann ihr nicht einfach neue Sachen kaufen.«

»Sie sollte vielleicht selber vorbei kommen. Du weißt, ich beiße nicht.«

»Das wird nicht gehen, sie macht gerade eine schwere Zeit durch.«

»Ich glaube, dann ist sie bei dir in guten Händen.»

»Aber neue Klamotten braucht sie trotzdem.»

»Und jetzt muss die Arme dank Jessica in Männerunterwäsche herumlaufen! Wenn sie das macht, dann muss sie dich wirklich lieben!« Eva lachte hell auf, Vikram schaute verlegen zur Seite. Sie legte ihm ihren Arm auf die Schulter.

»Ach Vikram, nimm es nicht so schwer. Ich habe doch sonst nicht so viel zum Lachen. Schau mal hier«, sie drückte ihm eine Tüte in die Hand. Sie war gefüllt mit einigen Slips, einem Hemdchen und einem BH.

»Ich konnte ja nicht ahnen, welche Größe deine Auserwählte braucht, also habe ich einfach mal 38 und 75B gewählt. Aber wenn es ihr doch nicht passt, bring sie einfach mit, dann können wir genau schauen, was sie benötigt.«

Vikram war die ganze Sache schrecklich peinlich. Warum musste Eva nur so einen Aufstand um seinen Besuch machen?

»Danke, Eva. Es wird ihr schon passen.« Vikram steckte die Tüte schnell ein. Eva bemerkte sein Unbehagen.

»Okay, ist gut, ich will dich ja nicht bedrängen.« In Evas Stimme schwang Enttäuschung mit. »Aber eines musst du mir noch verraten!«, setzte sie noch mal an.

»Was denn?«

»Na, wie heißt sie überhaupt?«

Vikram stutzte. Er konnte Eva ja schlecht Evelyns richtigen Namen sagen. Aber sie anzulügen ging auch nicht, da das früher oder später herauskam. Und bei allem, was Eva für ihn tat, wollte Vikram sie auf keinen Fall traurig machen.

»So ähnlich wie du!« Er schenkte Eva ein Lächeln und fügte hinzu: »Und sie ist auch genauso lieb wie du!«

»Ach Vikram, lass dich mal drücken!« Eva schlang ihre dünnen Arme um ihn und drückte ihn kurz an sich.

»Ich wünsche dir noch eine wundervolle Zeit mit ihr. Schaut doch mal zusammen vorbei, wenn sie ihre schlechte Phase überwunden hat. So, und nun packen wir Euch noch ein paar Leckereien ein und dann willst du bestimmt schnell wieder zurück zu ihr!«

20

Evelyn hatte zwei Stunden ununterbrochen gelesen. Vom schummrigen Licht in der Höhle taten ihr die Augen weh. Sie seufzte und legte das Buch auf den Boden. Heute würde sie nicht mehr erfahren, wer der Mörder war. Sie verschränkte die Arme hinterm Kopf und starrte an die Höhlendecke. Sie dachte an ihren Ehemann.

Was er jetzt wohl machte? Dass er keinen Zugriff mehr auf sie hatte, das konnte er sicherlich nicht auf sich beruhen lassen. Dafür kannte sie ihn zu gut. Was würde er mit ihr machen, wenn er sie hier fände? Und wenn er wüsste, was sie mit ihrem Entführer getan hatte? Das mochte sie sich lieber nicht ausmalen. Oben an der Decke spann eine lange dürre Spinne ihr Netz, in Erwartung ihres nächsten Opfers. Andreas würde sie nicht verschonen. Soviel war sicher!

Vikram hingegen war ein guter, aufrichtiger Mann. Kein jähzorniges Ekelpaket. Bei ihren Gedanken an Vikram durchflutete ein warmes Gefühl Evelyns Körper. Sie kam bestens im Wald zurecht. Gut, auf Dauer würden ihr sicher gewisse Annehmlichkeiten fehlen, aber die Hauptsache war, dass sie mit Vikram zusammenbleiben konnte. Sie war die Einsamkeit leid.

Evelyn streckte sich. Ihr war langweilig. Sie stand auf und sah sich um. Der selbst gezimmerte Schrank weckte ihre Neugierde. Sie schwang die Holztür auf und schaute hinein: nur Klamotten. Sie hob einen Stapel T-Shirts an und schaute unter Vikrams Jeans. Nichts als ein paar Kleidungsstücke. Er schien wirklich nicht viel zu besitzen.

Aber sie brauchte keinen Mann mit Geld mehr. Den hatte sie gehabt und sie war bitter enttäuscht worden. Ein Mann mit Herz war ihr tausendmal lieber! Und wenn sie sich von Andreas scheiden ließ, dann bekam sie doch bestimmt einen kräftigen Anteil zugesprochen. Der könnte für sie beide reichen.

Sie klappte die Schranktür wieder zu und schlenderte zum Schreibtisch. Sie zog die Schublade auf und stutzte: Eine hübsche Frau blickte sie lachend an. In einem weißen schlichten Hochzeitskleid und anhand der Wölbung ihres Bauches eindeutig schwanger! Daneben stand Vikram im Anzug. Er strahlte mit der Frau um die Wette.

Sie nahm das Foto in die Hand. Es schien mehrere Jahre alt zu sein. Die Farben waren ausgeblichen und zwei Knicke zogen sich über das Bild. Evelyn berührte mit ihrer Zeigefingerspitze das Gesicht der Frau und strich über ihre Wange. Vikram war verheiratet und musste ein Kind haben! Diese Erkenntnis traf Evelyn wie ein Blitzschlag. Warum hatte Vikram ihr davon nichts gesagt? Evelyn starrte weiter auf das Foto und spürte Wut in sich aufsteigen. Sie hatte bereitwillig ihr Leben mit ihm geteilt und er hatte ihr nicht mal die elementarsten Dinge erzählt!

In diesem Moment eilte Vikram zur Höhle hinein.

»Hallo Evelyn, es gibt tolle Neuigkeiten. Schau mal!« Mit schnellen Schritten kam er auf sie zu. Er schwenkte die Zeitung.

Vor Schreck ließ Evelyn das Foto fallen. Es segelte langsam zu Boden und blieb zwischen ihnen liegen.

Vikram blickte entsetzt darauf und erstarrte in seiner Bewegung.

Evelyn konnte sich nicht zusammenreißen und fuhr ihn an:

»Du hast eine Frau und ein Kind und erzählst mir das nicht? Was ist denn bloß mit dir los?!« Vikrams Augen verengten sich.

»Was fällt dir ein? Hast du in meinen Sachen geschnüffelt? Das geht dich überhaupt nichts an!«, schrie er Evelyn an. Mit einer zärtlichen Geste, die gar nicht zu seinem Wutausbruch passte, hob er das Foto vorsichtig auf und legte es mit zitternden Händen zurück an seinen Platz in die Schublade. Er stellte sich mit dem Rücken zu Evelyn und stützte sich auf den Schreibtisch.

»Du willst wissen, was los ist? Willst du das wirklich?« Mit einem Ruck drehte sich Vikram wieder zu Evelyn um und funkelte sie zornig an:

»Ich habe sie umgebracht! Alle beide! Das ist los!«

Evelyn hatte die Worte von Vikram gehört, brauchte aber eine Weile um deren Bedeutung zu realisieren. War das sein Ernst? Hatte er seine Frau und sein Kind umgebracht? In ihrem Kopf ratterte es. Sie dachte, dass sie eigentlich sofort das Weite suchen musste, denn wenn das der Wahrheit entsprach, war Vikram gefährlich. Doch ihre Beine blieben wie angewurzelt mitten in der Höhle stehen. Sie konnte sich nicht rühren. Ihre Gedanken liefen wie ein Film vor ihren Augen ab. Wahrscheinlich versteckte er sich deshalb seit zehn Jahren im Wald, vor der Polizei und den Konsequenzen seiner Tat. Er sagte sich wohl: besser Wald als Knast. Kein normaler Mensch würde freiwillig in einer Höhle leben. Doch glauben konnte Evelyn ihren Überlegungen nicht. Ihr Herz sagte ihr etwas anderes. Vikram war die ganze Zeit zärtlich und liebevoll zu ihr gewesen. Er hätte keine Frau und vor allem kein Kind ermordet! Das passte einfach nicht zu ihm.

Ihre Stimme zitterte, als sie das lange Schweigen durchbrach:

»Das glaube ich nicht. Das kann nicht wahr sein! Du könntest doch niemandem etwas antun. Bitte sag, dass das nicht wahr ist!« In ihrem Blick, mit dem sie Vikram ansah, lag ein stummes Flehen. Vikram wünschte sich so sehr, ihr die Bitte zu erfüllen. Doch er konnte nicht. Jetzt war wohl alles vorbei. Die ersten zarten Bande der Liebe, die Ansätze eines neuen Lebens. Sicher würde Evelyn ihn nun verachten und er bliebe auch die nächsten zehn Jahre alleine im Wald.

»Ich wünschte, das könnte ich, Evelyn. Doch die grausame Wahrheit ist, dass ich schuld bin an ihrem Tod. Ich bin ein Mörder!« Vikram ließ sich auf den Schreibtischstuhl sinken. Seine Hände lagen kraftlos im Schoß und er starrte ins Leere.

»Dann erzähle mir bitte, wie und warum. Vikram, es wird doch sicher eine Erklärung dafür geben«, stammelte Evelyn. Trotz der Kühle in der Höhle war ihr heiß geworden. Sie schwitzte, vor Angst und Anspannung.

Von Vikram kam keine Antwort. Er schien sie nicht gehört zu haben. Evelyn verfluchte sich. Warum bloß hatte sie das Foto entdecken müssen? Es hätte alles so schön sein können mit Vikram. Was sie nicht gewusst hätte, hätte ihre Liebe nicht belastet. Starr vor Angst stammelte sie:

»Bitte Vikram, es tut mir leid! Ich wollte doch

nicht … Ich wusste ja nicht … Vielleicht vergessen wir lieber alles!«

»Vergessen?« Vikram hatte ihr doch zugehört. »Ich werde niemals vergessen können!« Stockend begann er Evelyn zu erzählen.

»Du hast unser Hochzeitsbild gefunden. Ja, ich war verheiratet. Ganze zwei Monate. Dann war sie tot.« Er brauchte einen Moment um sich zu sammeln.

»Es war ihr letzter Arbeitstag vor dem Mutterschutz. Sie hatte sich so auf unser Kind gefreut. Und ich habe sie auf dem Gewissen!« Seine Stimme klang erstickt.

»Ich hatte einen Termin außerhalb und brauchte das Auto.« Er wrang die Hände in seinem Schoß. Ich habe Laura mit dem Roller losgeschickt. Hochschwanger, Ende Januar. Die Straßen waren vereist und ein hellblauer Twingo ist von der Straße abgekommen. Er hat sie voll erwischt und gegen einen Laternenmast geschleudert.«

»Oh Gott, wie furchtbar!« Evelyn blieben die Worte im Hals stecken. Dafür gab es einfach keine passenden Worte. Evelyn trat hinter ihn und versuchte ihre Hand auf seinen Rücken zu legen. Doch Vikram schüttelte sie ab.

»Aber Vikram, dann war es ein Unfall! Du hast sie doch nicht umgebracht! Du hättest doch gar nichts tun können.«

»Hast du nicht zugehört? Ich habe sie mit dem Roller losgeschickt. Mit dem Roller im Winter! Hochschwanger! Ich bin schuld! Wenn sie im Auto gesessen hätte, dann könnten beide jetzt noch leben!«

»Vikram, es war ein Unfall. Du hast sie doch nicht bewusst getötet. Ich dachte, du hättest sie erstochen, oder so. Aber es war ein Unfall!« Evelyn war erleichtert. So traurig es war, es war Schicksal gewesen. Vikram war kein Mörder. Natürlich nicht. Sie hatte es doch gewusst.

»Wir hatten uns so sehr auf das Kind gefreut und dann waren beide von einer Sekunde auf die andere nicht mehr da. Es ging alles so schnell. Als die Polizei mich informierte, war es schon zu spät. Ich bin sofort ins Krankenhaus gerast, aber dort schickten sie mich nur noch in die Leichenhalle.«

Sie trat erneut hinter ihn und diesmal ließ er es zu, dass sie mit ihren zarten Armen seine Brust umschlang. Vorsichtig legte sie ihre Wange an seinen Rücken.

»Es ist furchtbar, keine Frage. Aber Vikram, es ist nicht deine Schuld! Wenn überhaupt einer Schuld hat, dann doch der Autofahrer.«

Vikram seufzte. »Aber ich habe menschlich versagt und das macht mich mitschuldig! Daran ist nichts zu rütteln! Wenn ich ihr doch bloß das Auto gelassen hätte …« Vikram schüttelte traurig den Kopf.

Evelyn drückte sich fest an seinen Rücken. Nach langem Schweigen sprach sie zögernd:

»Wenn du erlaubst, versuche ich deinen Schmerz zu lindern. Mehr kann ich nicht tun.«

»Nein!«

»Oh, okay« Evelyn ließ Vikram abrupt los.

Er drehte sich zu ihr um und blickte in ihr, von Enttäuschung verzerrtes, Gesicht.

»Nein, Evelyn. Du sollst meinen Schmerz nicht lindern. Du kannst nichts für mein Versagen. Du sollst nicht auch noch darunter leiden.«

Evelyn erschrak. »Ich meinte doch nur …«

»Das ist meine Vergangenheit!«

»Reden hilft manchmal«, versuchte Evelyn ihn zu besänftigen.

»Ich habe damit abgeschlossen. Es macht keinen Sinn, die alte Geschichte wieder hervor zu holen. Ich muss mit meinem Teil der Schuld leben und kann nur versuchen, in Zukunft bessere Entscheidungen zu treffen.«

»Vikram!« Evelyn stockte der Atem. Sie hatte Angst, Vikram in diesem Moment zu verlieren. Sie wollte ihm nicht hinterher schnüffeln. Hätte sie geahnt, welche Lawine sie lostrat. Sie war den Tränen nahe. »Vikram, bitte!«

Vikram sammelte sich: »Ich möchte nicht von der Vergangenheit reden. Du, Evelyn, bist meine Zukunft. Das Schicksal hat mir dich geschickt, damit ich trotz allem wieder Freude in meinem Leben habe. Ich habe lange genug für mein Verhalten gebüßt. Wir werden miteinander lachen und keinen alten Schmerz zwischen uns lassen.«

Er kam auf sie zu und drückte seine Lippen auf ihre. Evelyn entspannte sich in seinen Armen.

»Und auch deinen Schmerz wollen wir vergessen machen. Evelyn, du bleibst bei mir!«

»Ja«, flüsterte sie, überwältigt von den Gefühlen.

»Bist du dir sicher? Auch hier, im Wald der Entbehrungen?« Ein leichter Zweifel lag in seiner Stimme. »Ich kann dir hier nicht viel bieten und das Leben im Wald ist voller Unannehmlichkeiten.«

»Ich bleibe an deiner Seite, egal wo«, antwortete Evelyn mit Nachdruck. »Für mich wird dieser Wald nie der Wald der Entbehrungen sein. Für mich ist es unser

Wald der Leidenschaft!«

Vikram lächelte Evelyn an.

»Aber lass erst einmal den Herbst kommen. Wenn das Leben in meiner Höhle dir zu hart werden sollte«, Vikrams Stimme zitterte, »dann werde ich dich nicht aufhalten.«

Evelyn schluckte.

Vikram schaute ihr ernst in die Augen. »Ich kann mir kein anderes Leben mehr vorstellen. Der Wald ist jetzt mein Zuhause und ich genieße die Freiheit. In einer kleinen Wohnung würde ich kümmerlich eingehen.« Vikram zweifelte an seiner euphorischen Überlegung, mit Evelyn zurück in die Stadt ziehen zu können.

»Nein, Vikram! Ich werde bei dir bleiben, auch wenn der Winter eiskalt wird. Du wirst mich schon zu wärmen wissen.« Sie schmiegte sich eng an seine Brust. »Bei dir habe ich endlich mein Glück gefunden! Ich möchte gar nicht mehr zurück in die Stadt. Außerdem habe ich viel zu viel Angst, dort Andreas in die Arme zu laufen. Ich möchte ihn nie, nie, nie mehr wiedersehen!«

Vikram griff die vor Wut auf den Schreibtisch geworfene Zeitung. »Du wirst es nicht glauben, aber dein werter Ehemann wird uns keine Probleme mehr machen. Du brauchst keine Angst zu haben, ihm zufällig in der Stadt zu begegnen. Er wird sich in nächster Zeit nicht mehr frei bewegen können.«

»Was sagst du da?« Auf Evelyns Wangen bildeten sich vor Aufregung rote Flecken.

»Dein Gatte hat ordentlich Dreck am Stecken! Aber lies selbst!« Evelyn überflog den Artikel und schaute mehrmals ungläubig zu Vikram. Anschließend setzte sie sich sprachlos auf das Bett.

»Wow, ich bin platt. Jetzt verstehe ich auch, wo das ganze Geld herkam. Andreas hat ja nur so mit den Scheinen um sich geschmissen!«

»Wusstest du von seinen Machenschaften?«

»Nein, ich hatte keine Ahnung. Mir hat er immer gesagt, dass er Sonderschichten und Spezialaufträge übernimmt. Außerdem meinte er immer, er sei wegen mir gezwungen, ins Bordell zu gehen. Weil ich ihn so anekeln würde. Nie hätte ich geglaubt, dass er dort illegalen Geschäften nachgeht! Meinst du, er kommt ins Gefängnis?«

»Davon möchte ich ausgehen.« Vikram setzte ein hämisches Grinsen auf.

»Übrigens, wer ist eigentlich Tabea?«

»Meine beste Freundin. Zumindest war sie das. Dass sie noch an mich gedacht hat, nachdem ich sie so unhöflich zurückgewiesen habe. Natürlich auf Befehl von Andreas.«

Evelyn ließ sich auf dem Bett zurückfallen und starrte an die Decke. Die Neuigkeiten musste sie erst einmal verarbeiten. Drogengeschäfte und Prostitution, das hatte sie Andreas nun wirklich nicht zugetraut. Aber so wie er sich verändert hatte, würde sie sich nicht wundern, wenn er auch in Menschenhandel und Auftragsmorden verstrickt gewesen wäre.

Ihr letzter Gedanke katapultierte sie zurück. Zurück ins Auto zu Andreas, die Fahrt in den Wald. Sie war sich sicher gewesen, dass er sie beseitigen wollte. Und wenn das so war, dann würde er sie doch auch jetzt noch töten wollen. Jetzt erst recht!

Evelyn setzte sich ruckartig auf.

»Tabea denkt, dass Andreas die Entführung nur inszeniert hat, um mich loszuwerden. Ich glaube, da hat sie nicht unrecht.«

»Aber die Entführung war doch echt!« Vikram konnte Evelyns Gedankengängen nicht folgen.

»Ja, ja, ich weiß doch!«, unterbrach Evelyn ihn. »Vikram, tust du mir einen Gefallen? Kannst du morgen noch mal in die Stadt gehen und schauen, wie es jetzt weitergeht? Mit Andreas meine ich. Der ist doch jetzt in Untersuchungshaft, oder? Da kann man doch nicht einfach raus?«

»Das kann ich dir nicht so genau sagen. Aber ich denke, wegen Verdunkelungsgefahr müsste er eigentlich bis zum Prozess im Gefängnis bleiben.«

»Ich muss mir aber sicher sein.«

»Morgen ist Sonntag, da gehe ich sowieso zur Kirche. Vielleicht erfahre ich mehr.«

»Ich habe ein ganz schlechtes Gefühl! Was ist, wenn mein Mann auf eigene Faust nach mir sucht? Wenn er hier in den Wald kommt, um mich aufzustöbern und der Polizei damit seine Unschuld zu beweisen. Oder noch schlimmer, wenn er sich an mir rächen will?«

»Weswegen sollte er sich an dir rächen wollen?« Vikram schaute Evelyn ungläubig an. »Wenn Du von seinem korrupten Handeln nichts wusstest, weshalb sollte er Gefahr laufen, wegen dir ins Gefängnis zu müssen?«

»Als er mit mir in den Wald gefahren ist, wollte er mich loswerden. Da bin ich mir ganz sicher! Deine Männer sind ihm nur zuvorgekommen.«

21

Sie hatte die Nacht über schlecht geschlafen. Albträume quälten sie. Sie handelten immer von Andreas, der sie auf verschiedene Weise umbringen wollte. Einmal zog er ein riesiges Küchenmesser hinter seinem Rücken hervor, dann brachte er ihr einen vergifteten Tee und schließlich stürzte er sie eine Klippe hinunter. Sie hatte sich im Bett gewälzt und keinen erholsamen Schlaf gefunden.

Am Morgen wachte Evelyn schweißgebadet auf und schlich sich aus der Höhle zum Wasserfall. Nach einer ausgiebigen Wäsche kroch sie zurück unter Vikrams Decke und kuschelte sich an seinen schlafwarmen Körper. Vikram wachte davon auf und übersäte sie mit Küssen. Haut an Haut mit ihm rückte Evelyns Angst vor Andreas in den Hintergrund. Vikram hatte einen beruhigenden Effekt auf sie. Mit ihm fühlte sie sich stark, er würde sie gut beschützen und Andreas keine Chance lassen, ihr zu nahe zu kommen.

Doch Vikram musste wieder in die Stadt aufbrechen, auf ihre eigene Bitte hin. Und sie blieb alleine mit ihren Ängsten zurück. Waren es nicht nur absurde Befürchtungen? Würde Andreas sich wirklich die Mühe machen und sie auf eigene Faust suchen? Das war doch mit viel Aufwand verbunden und Umstände hatte er sich in den letzten Jahren für sie jedenfalls nicht gemacht. Und auch wenn er sie aufsuchen wollte, er saß schließlich in U-Haft. Sie brauchte sich vor ihm nicht zu fürchten!

Evelyn versuchte, sich mit all ihrer Aufmerksamkeit auf ihre selbst gewählte Aufgabe zu konzentrieren. Sie hatte sich überlegt, Vikram bei seiner Rückkehr mit einem Tee zu überraschen. Aus Kräutern, die sie im Wald sammeln wollte. Auf der Lichtung fand sie Klee, aber nur Klee reichte natürlich nicht. Sie wollte Vikram zeigen, dass ein ganzer Kerl in ihr steckte und sie mit dem Überleben im Wald keine Probleme hatte. Daher wagte sie sich auch über die Lichtung hinaus. Sie merkte sich charakteristische Bäume, die ihr später den Rückweg weisen würden.

Ihr Mut wurde belohnt, sie fand noch Veilchen und ein Kraut, das intensiv nach Knoblauch roch. In den Tee würde sie das zwar nicht machen, aber am Essen würde es sicher lecker sein. Voller Vorfreude machte sie sich auf den Rückweg, erst an dem großen Baum mit dem schräg abstehenden Ast vorbei und dann an dem kleinen Hügel entlang. Sie konzentrierte sich ganz auf den Weg und erschrak daher zutiefst, als sie in einiger Entfernung einen Haarschopf erblickte.

Sie duckte sich schnell hinter einen Brombeerstrauch. Ihr Herz raste, Angst überkam sie. Ein kurzer blonder Bürstenhaarschnitt, das konnte doch nur Andreas sein! Dann hatte ihr Gefühl sie also nicht getäuscht. Sie lugte vorsichtig aus ihrem Versteck hervor, doch der Kopf war verschwunden. Hatte sie sich ihn nur eingebildet? War das nur ein einfacher Wanderer oder war Andreas tatsächlich im Wald auf der Suche nach ihr? Sein eckiger klobiger Schädel war eigentlich nicht zu verwechseln. Aber vielleicht hatte ihr überlastetes Gehirn ihr auch einfach einen Streich gespielt. Sie lief vorsichtig einige Schritte in die Richtung, in der sie ihn zu sehen geglaubt hatte. Angestrengt spähte sie die Umgebung ab, doch ihr vermeintlicher Ehemann tauchte nicht wieder auf.

War er es, oder nicht? Den ganzen Rückweg über hämmerte diese eine Frage in ihrem Kopf. Wenn sie sie doch nur sicher beantworten könnte! Sie hastete auf die Lichtung zu und lief Vikram direkt in die Arme, der aus der anderen Richtung zur Höhle gerannt kam.

»Wo kommst du denn her?« Vikram schnappte nach Luft. »Schnell, in die Höhle!« Vikram fasste Evelyn am Arm und zog sie hinter sich her.

»Was ist los? Warum bist du so früh zurück?«

»Dein Mann ist aus der Haft entlassen. Sie konnten ihm nichts nachweisen.«

»Dann war er es tatsächlich!«, Evelyns Stimme überschlug sich.

»Was?«

»Ich habe ihn im Wald gesehen. Das heißt, ich war mir nicht sicher, aber jetzt wo du es sagst: Andreas war hier im Wald, ganz in der Nähe!«

»Hier auf der Lichtung?«

»Nein, ein Stück entfernt.«

»Woher weißt du das? Warst du etwa alleine draußen?« Vikram schaute sie vorwurfsvoll an.

»Ja«, gab Evelyn zu. »Ich wollte dich mit einem Tee überraschen und habe Kräuter gesammelt. Sie holte die Tüte hervor, in der nur noch ein einzelnes Veilchen lag.

»Ach nein, ich muss sie beim Rennen verloren haben.«

Evelyn kamen die Tränen, vor Enttäuschung und Wut auf ihren Ehemann. Warum konnte er sie nicht in Ruhe leben lassen? Was wollte er denn bloß von ihr?

Wollte er nur Gewissheit, ob sie noch lebte? Oder sichergehen, dass sie tot war?

Vikram strich ihr sanft über die Haare und legte seinen anderen Arm um ihre Schulter.

»Hey, weine doch nicht! Du brauchst dich vor ihm nicht zu fürchten! Du bleibst jetzt immer in meiner Nähe. Wenn ich noch mal in die Stadt muss, versteckst du dich in meiner Höhle. Der Wald ist riesig, wenn er den komplett nach dir absuchen will, ist er eine ganze Weile beschäftigt. Aber soll er nur auftauchen, mit dem werde ich locker fertig. Wenn ich mit ihm durch bin, wird er nicht mehr glücklich, das schwöre ich!«

Evelyn schluchzte weiter. Sie konnte nicht aufhören zu weinen. Sie war gerade so glücklich gewesen, warum musste ihr Andreas immer alles zerstören? Sie lehnte sich an Vikram. Er wiegte sie in seinen Armen, bis es ihr besser ging und die Tränen versiegten.

»Und sonst?«, fragte Evelyn mit einem letzten Schluchzen.

»Meinst du, was es noch für Neuigkeiten gibt?« Evelyn schniefte in ein Taschentuch und nickte.

»Ich habe lange mit der Pfarrersfrau gesprochen. Ihr geht deine Entführung sehr nahe. Sie kennt dich wohl noch aus der Zeit, als du in der Bücherei gearbeitet hast. Nur zu gerne hätte ich ihr die Wahrheit verraten.« Er blickte in Evelyns gerötete Augen und seufzte. »Aber das ging natürlich nicht. Ich hoffe, diese ganze Geheimniskrämerei hat bald ein Ende!« Evelyn drückte aufmunternd Vikrams Hand.

»Die Polizei ist ratlos, weil sie keine weitere Spur von dir gefunden hat. Sie weiß nur, dass du definitiv im Wald warst, weil sie wohl in Karls Hütte einen kleinen silbernen Schlüssel gefunden haben, der zu einem Kleiderschrank in deinem Haus passt.«

»Ja, aber das hat jetzt keine Bedeutung mehr. Erzähl lieber weiter!«, drängte Evelyn ihn.

Vikram runzelte die Stirn, nahm dann aber seinen Bericht wieder auf.

»Nun gut. Im Flur eures Hauses klebte ein wenig Blut von dir. Ich vermute mal, das kam aus deiner Lippe.« Zärtlich strich er über die Linie, die von Evelyns aufgeplatzter Lippe übrig geblieben war. »Aber weitere Anzeichen eines gewaltsamen Verbrechens wurden nicht gefunden.«

»Und warum ist Andreas einfach so auf freien Fuß gesetzt worden? Was ist mit seinen ganzen Delikten?«

»Er hat alles plausibel erklären können. Er konnte die Staatsanwaltschaft überzeugen, dass er nur privat in dem Bordell verkehrt habe. Er gab an, dass du eine psychische Störung hättest, unter der er zu leiden habe. Und im Bordell suchte er nur Ruhe und Entspannung von der unerträglichen Situation zu Hause - wer's glaubt, wird selig! Mit Drogen oder Prostitution will er angeblich nichts zu tun gehabt haben. Die ihm angelasteten Taten soll ein junger Kollege begangen haben, den er öfters im Bordell getroffen hatte. Der hat schon gestanden und sitzt jetzt anstelle deines Mannes in U-Haft.«

»Er lügt!« Evelyn schrie hysterisch. »Das kann doch nicht wahr sein! Ich habe keine Störung! Er war das bestimmt, es macht alles Sinn!«

22

In den nächsten Tage blieben Vikram und Evelyn die meiste Zeit in der Höhle. Nur dann und wann mal ging Vikram auf Patrouille, um sicherzugehen, dass Andreas die beiden nicht überraschen würde. Es war sein Wald und er kannte sich bestens dort aus. Andreas erspähte er bei seinen Touren jedoch nicht.

Er versuchte den Zugang zur Höhle noch besser zu sichern, legte Stöcke aus, die unter nahenden Schritten brechen und sie vor einer Gefahr warnen würden. Die Vorratskammer war gut gefüllt, da er die Jungs nicht mehr mit durchfüttern musste. Zumindest über ihre Verpflegung brauchten sie sich eine ganze Weile keine Sorgen machen.

Sie genossen die intensive Zeit zu zweit, doch Evelyns Stimmung war getrübt. Besorgt horchte sie auf jedes Geräusch von draußen und hoffte, dass Andreas sie nicht aufspüren würde. Vikram versuchte sie so gut wie möglich aufzuheitern und bastelte ihr aus gesammelten Steinen ein Scrabbel-Spiel, das ihnen trotz allem lustige Stunden bescherte.

Vikram freute sich über ihre innige Zweisamkeit und nutzte die Zeit für ausgiebige Erkundungen von Evelyns Köper. Und Evelyn ließ sich auf diese Weise nur zu gerne von ihren Ängsten ablenken. Der Spitzen-BH, den Eva für Vikram eingepackt hatte, verhüllte ihre dezenten Rundungen optimal und Vikram freute sich stets aufs Neue, Evelyns Brüste darin zu betrachten.

Die Packung Kondome war schon lange aufgebraucht, doch beide machten sich darüber keine weiteren Gedanken. Ihre Körper fügten sich auf ideale Weise ineinander und jede Barriere dazwischen erschien ihnen wie ein Störfaktor. Ihre Liebe war rein und tief, und wenn ein Kind entstehen sollte, würde dies nur ein weiteres Zeichen sein, dass es das Schicksal endlich gut mit ihnen meinte. Beide hofften insgeheim, dass Leben aus ihrer Innigkeit wachsen würde, wenngleich es noch nicht an der Zeit war, dies auch auszusprechen.

Nachdem eine Woche vergangen war, ohne dass ein weiteres Zeichen von Andreas auftauchte, entspannte sich Evelyn. Wahrscheinlich war alles nur ihrer Einbildung entsprungen. Sie bauten Vikrams Kochstelle vor der Höhle aufs Neue wieder auf und erfreuten sich daran, endlich wieder warme Mahlzeiten zubereiten zu können.

Langsam kehrte die Normalität zurück. Vikram ging die nächsten Sonntage wieder zur Kirche und kehrte stets mit gut gefüllten Tüten voller Lebensmittel und den aktuellen Zeitungen zu Evelyn zurück. Die Aufregung über die Entführung von Evelyn beruhigte sich jede Woche ein wenig mehr. Die Polizei hatte keine neuen Anhaltspunkte und so wurde die Suche nach ihr Anfang August eingestellt. Bald berichteten die Zeitungen über den mysteriösen Todesfall einer jungen Studentin und Evelyn wurde vollends vergessen.

Vikram und Evelyn feierten diesen Anlass mit einer Flasche Wein, die Vikram aus gesparten Büchereinnahmen extra in der Stadt besorgt hatte. Zu Arno ging er weiterhin gerne, stellte dieser nun seinen einzigen Kontakt zur Männerwelt dar, jetzt wo seine Jungs den

Wald verlassen hatten. Nur Eva mied er immer mehr. Sie nervte Vikram mit ihren bohrenden Fragen nach seiner *Liebsten* und wann er sie ihr denn endlich einmal vorstellen würde. Vikram setzte dem ein Ende, indem er Eva erzählte, dass seine Freundin erst einmal nach Hause zurückgefahren sei und er nun an der Reihe sei, sie zu besuchen. So brauchte Eva sich auch nicht zu wundern, wenn er die nächsten Wochen nicht mehr in den Sozialladen kam. Die Ausbeute der Kirche reichte für ihn und Evelyn allemal. Im Gegensatz zu seiner Sonntagsbande aß diese wie ein Spatz.

Da der Wald nun wieder ganz ihnen gehörte, streiften sie gemeinsam durch die Gegend und genossen, befreit von jeglichen Konventionen, die warmen Sommertage in der Natur. Vikram zeigte Evelyn all seine Lieblingsplätze. Ein Ort hatte es Evelyn besonders angetan: Eine Wiese, die sich zu einer Seite hin einem steilen, baumlosen Abhang öffnete, der einen freien Blick auf den Himmel gewährte. Evelyn konnte gar nicht genug Sonnenuntergänge dort beobachten, ihren nackten Körper eng mit Vikrams verschlungen.

Vikram genoss die Freiheit mit Evelyn zu sehr, um sie mit den neuesten Nachrichten zu beunruhigen. Er selbst war völlig schockiert gewesen, als er bei seinem letzten Besuch in der Stadt auf einmal Evelyn gegenüberstand. Und das an jeder Ecke. Überall in der Stadt verteilt hingen riesige Plakate, auf denen Evelyn zu sehen war. Vikram blieb wie angewurzelt stehen und las entsetzt den Text, der neben ihrem Kopf stand:

Haben Sie meine Frau gesehen? Sie ist im Wald entführt worden. Die Polizei hat keine Spur von ihr gefunden und die Suche nach ihr eingestellt. Ich werde meine Suche nach ihr niemals aufgeben und bitte Sie um Ihre Mithilfe.

Darunter standen eine Telefonnummer und die Unterschrift von Evelyns Mann.

Er suchte also tatsächlich nach ihr. Sein Auftauchen im Wald war keine Einbildung von Evelyn gewesen. Sie hatte ihn wahrhaftig dort gesehen. Vikram versuchte ruhig zu bleiben und seine Gedanken zu fokussieren. Dass Andreas im Wald gewesen war, hieß doch, dass er dort nach Evelyn gesucht hatte und nicht fündig geworden war. Nun versuchte er sie auf andere Weise zu finden. Demnach waren er und Evelyn jetzt im Wald sicher vor ihm.

Vikram kehrte zu Evelyn zurück und versuchte seine Besorgnis vor ihr geheim zu halten. Das fiel ihm nicht schwer, denn in ihrer Nähe kam er stets auf andere Gedanken.

Dennoch erschrak Vikram, als er eines Nachmittags Ende August einen Mann vor seiner Höhle erblickte. Evelyn und Vikram liefen gerade splitternackt durch den Wald zum Wasserfall, um sich gemeinsam, nach ihrem Liebesakt unter der wärmenden Mittagssonne, zu erfrischen. Schnell hielt er Evelyn zurück und beide versteckten sich hinter einem Busch. Ihre Herzen klopften vor Aufregung. Mit zitternden Händen versuchte Evelyn schnell ihre Unterwäsche überzustreifen.

»Oh mein Gott? Wer ist das! Ist er es? Sucht er mich doch?«, fragte Evelyn panisch.

Vikram hatte sich mit einer kurzen Bewegung seine Jeans über die Hüften gezogen und spähte bereits am

Busch vorbei zu dem Mann. Der machte sich gerade am Höhleneingang zu schaffen.

»Ich weiß nicht. Ich sehe ihn nur von hinten.« Vikram versuchte ganz ruhig zu atmen und seinen Herzschlag unter Kontrolle zu bekommen.

»Hat er kurze blonde Haare?«, fragte Evelyn, während sie mit ihrer Bluse und den Shorts kämpfte.

Doch in diesem Moment rief der Mann: »Häuptling, bist du da?«

Vikram lachte laut los. Alle Anspannung fiel von ihm ab und er stürmte auf die Lichtung. Herzlich nahm er den Mann vor seiner Höhle in den Arm und klopfte fest auf seinen Rücken.

»Mensch Karl, hast du mich vielleicht erschreckt! Wie siehst du denn aus? Ich habe dich gar nicht wiedererkannt!«

»Tja, da kann man mal sehen, was? Ich hätte auch nicht gedacht, was für ein hübscher Kerl in mir steckt. Hermann hat jetzt einen festen Job und zur Feier seines ersten Gehalts sind wir einkaufen gegangen.« Er betrachtete etwas ungläubig sein rot-kariertes Hemd und die graue Stoffhose. »Das soll jetzt modern sein.«

»Aha. Na, richtig gut siehst du darin aus. Und einen neuen Haarschnitt hast du auch!«

»Ja, ich habe überhaupt zum ersten Mal einen richtigen Haarschnitt! Sonst hab ich mir die Haare einfach mit einem Messer gekürzt, wenn sie zu lang wurden.« Karl grinste Vikram stolz an.

»Und was ist mit der Frau? Was hast du mit ihr gemacht?«

»Evelyn, komm. Es ist nur Karl.« Stolz schaute Vikram zu Evelyn hinüber. »Schau mal Karl, ich möchte dir Evelyn - euer Entführungsopfer – vorstellen.«

Evelyn hatte es endlich geschafft sich anzuziehen und kam auf die beiden zugelaufen. Die Erleichterung über den Besuch von Karl, den sie bereits aus Vikrams Erzählungen kannte, war ihr ins Gesicht geschrieben. Als sie näher kam, erkannte sie die Narbe und die grauen Haare wieder, die nun jedoch nicht mehr wallend über Karls Nacken fielen. Das war eindeutig einer der Männer, die das Picknick hatten platzen lassen.

»Tut mir leid mit dem Überfall«, stammelte Karl verlegen zu Evelyn und seine Wangen färbten sich rot.

»Ach, wieso denn. Das war das Beste, was mir passieren konnte. Ich habe dir und den anderen viel zu verdanken!« Sie schenkte Karl ein strahlendes Lächeln und stellte sich zu Vikram, der seinen Arm um sie schlang und sie an sich zog.

»Oh, tatsächlich?« Karl guckte Vikram und Evelyn irritiert an.

»Ja, und es war auch das Beste, was *mir* passieren konnte«, fügte Vikram hinzu.

»Das heißt?« Karl schaute verwirrt zwischen den beiden hin und her.

»Ja, wir haben uns ineinander verliebt. Wir gehören einfach zusammen und das haben wir nur eurem wüsten Verhalten zu verdanken!«

»Dann haben wir das also gut gemacht!« Karl lachte begeistert, als er die Umstände begriffen hatte.

»Genau, und zur Feier bereite ich uns einen schönen Kaffee zu! Kommt Hermann auch noch?«

»Nein, er muss arbeiten. Ich bin nur noch mal hier, um mich zu verabschieden. Wir wohnen jetzt in einer anderen Stadt. Die ist bestimmt 50km von hier entfernt.

Ich bin extra noch mal mit dem Zug hergefahren, wollte dich noch mal sehen, Häuptling.«

Tränen stiegen dem großen Mann in die Augen, die er unbeholfen mit seinem Hemdsärmel verwischte. »Und ich hatte mich so auf die große Feier zur Rückkehr von uns allen gefreut!«

»Ach Karl. Ja, ich hätte auch gerne ein rauschendes Fest mit euch gefeiert. Aber es hat sich wohl ganz schön viel verändert. Zum besseren, darüber können wir uns doch auch freuen.« Vikram nahm ihn erneut in den Arm. »Komm, setz dich, wir machen uns jetzt eben zu dritt einen schönen Nachmittag! Was arbeitet Hermann denn?«

Während sich die Männer unterhielten, holte Evelyn das Kaffeepulver und drei Becher. Vikram entzündete ein Feuer und stellte den Kessel auf.

»Er ist in einer kleinen Schreinerei untergekommen und ist ganz begeistert. Und ich bin jetzt wohl Hausmann. Ich koche uns, mache die Wäsche, sogar einen Staubsauger haben wir uns gekauft! Dabei habe ich so gerne im Wald gelebt und hätte nie gedacht, dass es mir in einer normalen Wohnung so gut gefällt.«

»Das klingt wunderbar, Karl. Schön, dass ihr es geschafft habt!«

»Ja, so hat meine Entführung allen nur Gutes getan!«, warf Evelyn ein.

Vikram reichte den Kaffee herum und Karl erzählte weiter. Von dem kleinen Garten, der zu ihrer neuen Wohnung gehörte und in dem er, wie früher im Wald, für sich werkeln könne. Er erzählte auch von ihrer Zeit bei Vikrams Schwester.

»Ich muss dir was gestehen, Häuptling«, druckste

Karl auf einmal herum. »Ich hab mich verplappert. Deine Schwester weiß jetzt, dass du im Wald lebst.«

»Oh.« Vikram schwieg eine Weile und auch Karl traute sich nicht, weiter zu sprechen.

»Und wie hat sie reagiert?«, durchbrach Vikram die Stille. Er hatte immer befürchtet, dass sie es irgendwann herausbekäme. Dass sie vielleicht einen Privatdetektiv beauftragen würde, um seinen Wohnort zu erfahren. Doch ihr Mann Rolf hatte sie die ganzen Jahre beruhigen können. Nun war es also Karl, der sein Geheimnis gelüftet hatte. Vielleicht war es ja besser so.

»Sie war ganz schön geschockt. Ich habe ihr dann deine komfortable Höhle in allen Einzelheiten geschildert. Aber natürlich nicht verraten, wo sie genau liegt!«, verkündete Karl mit Nachdruck. »Du musst dich unbedingt bei Marion melden, Vikram! Ihr haben wir das alles zu verdanken. Wenn sie uns nicht herausgeputzt und zum Amt geschleppt hätte. Und sie vermisst dich schrecklich. Sie hofft, dich jetzt nach zehn Jahren endlich mal wiederzusehen und dir deinen Neffen und deine Nichte vorstellen zu können!«

Evelyn konnte es nicht fassen. »Du hast dich zehn Jahre nicht bei ihr gemeldet und hast ihre Kinder noch nie gesehen? Das ist doch nicht dein Ernst, Vikram!«

»Gemeldet habe ich mich schon! Ich habe ihr öfter mal eine Karte geschrieben!«, verteidigte sich Vikram. »Und ich habe auch schon länger vor, ihr endlich einen Besuch abzustatten. Doch wenn man sich so lange nicht gesehen hat …«

»Aber zehn Jahre? Also wirklich!« Evelyn guckte Vikram vorwurfsvoll an.

Vikram seufzte. »Ihr habt ja recht. Mit dir, Evelyn

habe ich jetzt ja auch einen schönen Anlass meine Schwester zu besuchen. Sie soll dich schließlich kennenlernen. Ich werde mich gleich morgen bei ihr melden. Versprochen!«

23

Evelyn und Vikram verabschiedeten Karl am späten Nachmittag. Schweren Herzens machte er sich auf den Weg in die Stadt. Er musste sich beeilen, um seinen Zug zu erwischen und so fiel die Verabschiedung weniger tränenreich aus, als von Vikram befürchtet. Er selbst war auch traurig, dass die Zeit mit seiner Bande ein Ende gefunden hatte. Aber sein neues Leben mit Evelyn erfüllte sein ganzes Herz mit Freude und er vermisste nichts.

Nachdem sie sich Käsebrote und Kräutertee zum Abend gemacht hatten, entzündete Vikram seine Petroleumlampe, kramte ein leeres Blatt hervor und begann hektisch zu schreiben. Evelyn wagte nicht, ihn zu stören. Erst als er fertig war und den Bogen in einen Briefumschlag steckte, ahnte sie, was Vikram erledigt hatte.

»Für deine Schwester?«

»Ja. Ich habe ihr für Karl und Hermann gedankt. Und geschrieben, dass ich Weihnachten zu ihrer Familie komme und wir zusammen feiern werden. Und dass ich eine Überraschung mitbringe!«

»Das bin dann wohl ich!«, warf Evelyn stolz ein.

»Genau!«

»Aber Weihnachten ist noch lange hin«, gab sie zu bedenken.

»Nach zehn Jahren sollte man nichts überstürzen. Lass es mich langsam angehen.«

Vikram zog Evelyn zu sich auf den Schoß und

schmiegte seinen Kopf an ihren Rücken.

Ohne direkten Blickkontakt traute sich Evelyn weiter zu fragen. »Warum warst du eigentlich so lange nicht bei ihr?«

»Es war zu schmerzhaft. Die glückliche Familie, die süßen Kinder …« Vikram stockte. »Rolf hat mir bei unseren Treffen manchmal Fotos gezeigt, weißt du. Zwei niedliche Kinder mit blonden Locken und roten Wangen unterm Weihnachtsbaum, und so.«

»Mhm, das war sicher nicht leicht.« Evelyn wartete einen Moment, bis Vikram sich zu Ende geräuspert hatte.

»Hatten die Kinder Engelsperücken auf?«

»Nein, wieso?«, fragte Vikram irritiert.

»Na ja, wenn ich mir dich so anschaue, dann können dein Neffe und deine Nichte wohl schlecht blond sein.«

Vikram prustete vor Lachen. »Nein, meine Schwester ist strohblond. Ihr Vater ist Schwede. Habe ich dir das nicht erzählt?«

»Nein!« Evelyn war ein wenig beleidigt.

»Ach, komm her, Liebling.« Da hatte ich sicher Wichtigeres im Kopf.«

Er zog Evelyn in seine Arme, hob sie mit Schwung an und trug sie auf sein Feldbett. Beim Ausziehen ihrer Kleidung achtete er darauf, dass ihr Körper unter der warmen Bettdecke blieb, denn abends wurde es recht kalt in der Höhle. Und nichts war schlimmer als eine frierende Frau beim Liebesakt.

Unter der kuscheligen Decke gab sich Evelyn leidenschaftlich Vikrams drängenden Bewegungen hin. Nachdem Evelyn ihren Höhepunkt erreicht hatte, dauerte es nicht mehr lange, ehe auch Vikram ein letztes

Mal aufstöhnte und sich neben Evelyn auf das Bett sinken ließ. Kurze Zeit später war er eingeschlafen.

Evelyn streichelte seinen warmen Bauch und dachte daran, wie sie früher zu Schulzeiten mit Tabea kichernd ihre ersten Küsse mit den Jungs besprochen hatte. Evelyns Schwarm war damals ein gut aussehender Fußballspieler aus der Parallelklasse, der sie nach zwei aufregenden Monaten durch ein langbeinigeres und vollbusigeres Modell ersetzte. Tabea stand auf einen pickligen Langhaarigen, der zwei Klassen über ihnen war. Sie hatte schon immer den besseren Riecher für Männer gehabt und Evelyn vor so manchen Fehltritten bewahren wollen. Jörgs Haut wurde immer hübscher anzusehen und zu Tabeas Abitur waren die beiden immer noch ein Paar. Inzwischen waren sie verheiratet und hatten eine kleine Tochter. Obwohl, die *kleine* Hanna müsste inzwischen schon zur Schule gehen!

Was Tabea wohl zu Vikram sagen würde? Evelyn war sich sicher, dass Tabea bei ihrer Wahl diesmal nichts zu beanstanden hätte. Wie oft hatte sie ihr wegen Andreas ins Gewissen geredet. Hätte sie bloß einmal auf ihre Freundin gehört!

Evelyn glitt leise aus dem Bett und setzte sich an Vikrams Schreibtisch. Sie musste sich unbedingt bei Tabea melden!

Liebe Tabea,

es geht mir gut! Sehr gut sogar! Ich hube mich gefreut, in der Zeitung zu lesen, dass du dir Sorgen um mich machst. Es tut mir leid, dass ich mich so lange nicht mehr bei dir melden konnte. Du hattest Recht, Andreas war kein

netter Mann. Er ist ein widerliches brutales
Scheusal! Aber jetzt habe ich mein Glück ge-
funden. Ich habe meine Entführung genutzt,
um erstmal unterzutauchen. Bald werde ich in
die Stadt zurückkehren und mich melden.
Dann trinken wir einen Sekt auf das neue
schöne Leben!
Es grüßt dich herzlich,

Evelyn

Ja, das klang gut. So konnte Vikram den Brief morgen mit in die Stadt nehmen. Sie kletterte zurück ins Bett und kuschelte sich eng an den Mann ihres Herzens.

24

»Du bleibst diesmal bitte in der Höhle, versprichst du mir das? Nicht, dass du schon wieder durch den Wald turnst, wenn ich nicht da bin, um dich zu verteidigen.« Vikram war voller Sorge.

Hoffentlich machte Evelyn diesmal keine Dummheiten. Man wusste schließlich nie, welche Gesellen sich im Wald herumtrieben. Eigentlich hatte er seinen Wald im Griff, aber man konnte ja nie wissen. Irgendwelche Neuankömmlinge gab es immer und momentan war niemand von seiner Truppe da, der sie auf die Sitten in diesem Wald hinweisen konnte. Ihr Mann musste nicht einmal der Schlimmste sein. Kurz stockte er in seinen Gedanken. Eigentlich doch. Im Wald hat er noch nie einen so kalten und skrupellosen Menschen kennengelernt.

Am liebsten hätte er Evelyn heute mit in die Stadt genommen. Sie musste mal raus! Selbst für ihn, der gerne die Einsamkeit im Wald genossen hatte, waren die Ausflüge in die Zivilisation immer ein Highlight gewesen, auf das er sich gefreut hatte. Doch sie würde in Ohnmacht fallen, wenn sie die Plakate erblicken würde. Und was wäre, wenn sie jemand erkennen würde? Nein, ein gemeinsamer Ausflug in die Stadt musste noch warten.

Wie sollte irgendwann überhaupt eine Rückkehr in die Normalität möglich sein? Könnte Evelyn ihr Äußeres so verändern, dass sie unerkannt blieb? Oder war es doch das Beste, sich direkt bei der Polizei zu melden?

Aber die würde auch nicht das Problem mit ihrem Mann lösen. Immerhin war er einer von ihnen.

Und jetzt, wo der Verdacht nicht mehr auf Andreas lastete und die Ermittlungen eingestellt waren, würde ihm niemand mehr böse Absichten unterstellen. Evelyn sagte, er sei ein Blender und die Welt nahm ihm schon immer alles ab. Ach, es war zum Verzweifeln! Wie sollten sie sich nur ein glückliches normales Leben aufbauen, wenn ihnen so viele Steine im Weg lagen.

»Ja, versprochen, ich warte hier drinnen auf dich.« Evelyn konnte sich nur zu gut an den Schrecken erinnern, als plötzlich Andreas Kopf vor ihr auftauchte. Sie würde auf jeden Fall keine Alleingänge mehr unternehmen.

»Gut. Allerdings werde ich heute etwas länger brauchen, wenn ich beide Briefe noch einstecke. Mach's dir einfach mit einem Buch gemütlich und bleib im Bett.« Er küsste Evelyn fest auf den Mund, streichelte ihre Wange und stapfte los.

Der Morgen alleine im Bett zog sich für Evelyn in die Länge. Sie stand auf, um sich doch lieber nützlich zu machen. Zuerst schrubbte sie den Boden und wusch das Geschirr vom Frühstück ab. Dann bereitete sie das Mittagessen vor, schälte das Gemüse und ließ die Linsen einweichen. So mussten sie bei Vikrams Rückkehr nur noch alles kochen. Vielleicht brachte er sogar ein Stückchen Fleisch mit. Evelyn war voller Vorfreude.

Das gemeinsame Leben mit Vikram hatte ihr die Freude zurückgebracht, die so viele Jahre verschollen gewesen war. Sie würde immer an seiner Seite bleiben, auch wenn das hieße, einen eisigen Winter in der Höhle zu verbringen! Obwohl ... Evelyn waren in den letzten

Tagen erste leise Zweifel gekommen, ob sie einen Winter im Wald körperlich überstehen würde. Sie ertappte sich dabei, immer ein Stückchen näher ans Feuer zu rücken und inzwischen trug sie nur noch Vikrams warme Pullover. Wenn sie tatsächlich hierbleiben wollte, musste sie irgendwie an ihre eigenen warmen Wintersachen gelangen. Vielleicht könnte Vikram heimlich durchs Fenster in Andreas Haus einsteigen. Quatsch, das war viel zu gefährlich!

Und dann war da noch ihr größter Wunsch: ein Kind! Einen besseren Vater als Vikram konnte sie sich nicht vorstellen. Aber schwanger im Wald? Das wäre völlig unverantwortlich. Und zu gefährlich. Sie müsste doch regelmäßig zum Arzt, um sicherzugehen, dass es dem Kind auch gut gehe.

Müsste sie nicht eigentlich schon längst schwanger sein? So intensiv war die Zeit mit Vikram. Aber bislang gab es keine Anzeichen dafür. Vielleicht lag ihre Kinderlosigkeit doch an ihr und nicht an Andreas und sie war diejenige, die unfähig war.

Evelyn kämpfte mit den Tränen und versuchte, die negativen Gedanken in die hinterste Ecke ihres Kopfes zu verbannen. Alles, was sie über Schwangerschaften wusste, war, dass man gelassen bleiben musste. Es dauerte eben seine Zeit, und wenn man etwas um so mehr wollte, dann trat es eben nicht ein, weil man viel zu angespannt war!

»Ruhig Evelyn!«, sagte sie sich selbst. Die paar Wochen, die sie jetzt erst mit Vikram zusammen verbracht hatte; so etwas brauchte eben Zeit. Sie war doch noch jung. Gerade mal 32. Gut, Vikram war schon 40, aber das war heute doch auch kein Alter mehr! Sie hatten noch ein langes gemeinsames Leben vor sich. Da konnte noch viel passieren.

Evelyn fegte die Möhren und Kartoffelschalen zu einem Haufen zusammen. Sie widerstand der Versuchung, schnell rauszulaufen und den Abfall auf den Komposthaufen zu werfen. Der kleine Gang wäre sicher ungefährlich, aber sie würde ihr Versprechen diesmal halten. Sie wollte Vikram niemals belügen und immer aufrichtig sein.

Am liebsten würde sie auch ihre Hoffnungen auf ein Kind mit Vikram teilen, doch sie hatte ein wenig Angst davor. Vielleicht wollte er nach dem schrecklichen Erlebnis gar kein neues Kind mehr. Obwohl, ein Kind war doch immer ein Anlass zur Freude …

Jäh wurde Evelyn aus ihren Überlegungen gerissen. Zwei Männerstimmen drangen von draußen zu ihr in die Höhle und ließen sie in der Bewegung erstarren. Gerade wollte sie aufstehen und schon mal den Tisch decken. Doch nun blieb sie regungslos neben den Gemüseschalen auf dem Boden hocken, nur einen Meter vom Höhleneingang entfernt. Wenn die Männer jetzt hier hereinplatzten, würden sie sie direkt erblicken und sie hatte keine Möglichkeit mehr zur Flucht.

»Hey, komm schon raus, wir haben dich rascheln gehört!« Forsch und fordernd klang der Mann und Evelyn wurde starr vor Angst.

»Ja, du kannst dich vor uns nicht verstecken!«, grölte die andere Stimme.

»Gott, bitte stehe mir bei«, betete Evelyn stumm. Immerhin, ihr Mann war es nicht. Aber war das ein gutes Zeichen? Vielleicht hatte er Schläger geschickt, um sie zu finden und zurück zu holen. Bestimmt wollte er sich seine Hände an ihr nicht selber schmutzig machen. Wahrscheinlich hatte er Auftragsmörder engagiert, um sie kalt zu machen.

So leise wie möglich schlich Evelyn zur Lampe in der Mitte des Raumes und knipste sie aus. Dunkelheit breitete sich in der Höhle aus und Evelyn tastete sich vorsichtig in den hinteren Teil vor, um sich dort zu verstecken. Auf halbem Weg hörte sie die Zweige, die den Eingang verhangen, rascheln. Sofort sprang sie hinter das Feldbett und hoffte, dass die Männer sie nicht gehört hatten.

»Aha, schau an. Hier ist also der Eingang. Richtig gut versteckt!«

»Da will wohl einer auf Nummer sicher gehen!«, antwortete die zweite Männerstimme. »Aber uns kann er nicht täuschen!«

Evelyn duckte sich tief und spähte vorsichtig unter dem Bett hindurch zum Eingang. Die Sonne erhellte die Umrisse einer der Männer. Er stand breitbeinig im Eingang, doch aufgrund der Dunkelheit in der Höhle konnte sie sein Gesicht nicht erkennen. Sie betete inbrünstig, dass die Sonnenstrahlen nicht bis zum Bett vordrangen und der Mann sie entdeckte. Doch der brummte nur:

»Mhm, ich hätte schwören können, dass er da ist. Ich hab doch was gehört! Aber vielleicht war es ja nur eine Maus.« Er drehte sich um, trat nach draußen und drapierte die Zweige wieder vor der Höhle. Evelyn hörte noch: »Alles dunkel, ist wohl ausgeflogen. Komm Alter, wir warten hier draußen in der Sonne.« Dann war es wieder duster in der Höhle und Evelyn blieb erleichtert zurück.

»Das sind bestimmt wieder nur Freunde von Vikram, keine Panik!«, beruhigte sich Evelyn. Doch es dauerte noch einige Minuten, bis ihr Puls wieder normal schlug. Sie legte sich im Dunkeln vorsichtig aufs Bett und lauschte dem Reden und Lachen der beiden Männer. Wer waren sie? Hatte Vikram sie mal erwähnt? Das Feuer knisterte vor der Höhle. Aber Evelyn wahrte das Versprechen, das sie Vikram gegeben hatte, und harrte in der Höhle aus. Sie traute sich nicht, sich zu erkennen zu geben.

25

Vikram war stolz auf sich. Er hatte beide Briefe zu ihrem jeweiligen Bestimmungsort gebracht, ohne gesehen zu werden, und war anschließend zur Kirche geradelt. Jetzt, wo der Sommer seinem Ende entgegen ging, war die Schlange hinter der Kirche wieder länger geworden. Doch die Kirchgänger hatten fleißig ihre nicht mehr gewollten Lebensmittel mitgebracht und Vikram hatte von der Pfarrersfrau, mit einem ansteckenden fröhlichen Lächeln, eine volle Tüte in die Hand gedrückt bekommen.

Die Plakate mit Evelyns Konterfei waren durch Wind und Wetter ausgeblichen und die meisten waren kaum noch lesbar. Erleichtert machte er sich auf den Rückweg.

In halsbrecherischem Tempo raste er mit dem Fahrrad zum Waldparkplatz, um schnell wieder bei seiner Liebsten zu sein. Er war lange unterwegs gewesen, länger als geplant. Nicht, dass sie im Wald aufgespürt worden war. Er hatte Angst, Evelyn zu verlieren. Er konnte den Gedanken nicht ertragen, dass auch ihr etwas passieren könnte. Noch einmal so etwas durchmachen, wollte und konnte er nicht.

Er stellte das Fahrrad ab und eilte den Rest des Weges zu Fuß weiter. In der Ferne hörte er einen Wanderer. Vikram wurde langsamer und versteckte sich, bevor dieser ihn erblicken konnte. Mit Stock und Hut zog der Mann vorbei. Von ihm schien keine Gefahr auszugehen. Doch in der Nähe seiner Höhle stockte Vikram.

Er sah sofort, dass der Pfad vor Kurzem von jemandem betreten worden war. Er kniete sich hin und sah Spuren im Waldboden: Männerschuhe, anscheinend von zwei Personen. Auch die von ihm ausgelegten versteckten Hinweisgeber zeigten ihm, dass sich jemand seiner Höhle gefährlich genähert hatte. Vikram hatte die letzten Meter zur Lichtung mit unscheinbaren Hölzern drapiert, die, wenn sie nicht mehr so lagen, wie er sie angeordnet hatte, ihn vor Eindringlingen warnten. Jetzt lagen die Hölzer durcheinander.

Es war bestimmt nicht der Wanderer gewesen, da war er sich sicher. Und da es keine Spuren zurück gab, müssten die beiden Männer noch bei seiner Höhle sein. Vikram versuchte sich einen Plan zu überlegen, wie er jetzt vorgehen sollte. Aber er musste sich beeilen. Vielleicht war Evelyn in Gefahr. Sein leises Gefühl von eben schien richtig gewesen zu sein.

Wenn die beiden Männer Andreas und ein Kumpel von ihm waren, dann musste er auf der Hut sein. Als Polizeibeamte waren sie mit Sicherheit in Kampfsport geübt. Vielleicht hatten sie auch ihre Waffen mit dabei. Da konnte Vikram mit Sicherheit nicht einfach so auftauchen und »Hallo« sagen.

Er schlich sich näher an seine Höhle heran. Dann vernahm er ein lautes Lachen.

»Hey Häuptling! Da bist'e ja endlich!« Fritz war vorwitzig wie eh und je. Und Patrick stand ihm in nichts nach.

»Jo, wir haben es uns schon mal gemütlich gemacht!«

Vikram atmete tief durch und trat zu ihnen.

»Das sehe ich. Hallo zusammen.«

»Wir sind zurück. Haben unsere Zelte wieder aufgebaut. Ist doch okay, wa? Die Suche nach der Ollen ist ja jetzt eingestellt.«

»Olle?« Vikram war empört über Fritz' Respektlosigkeit und musste sich zügeln, ihn nicht anzublaffen.

»Naja, die Frau halt. Was hast'e eigentlich mit der gemacht, dass die Bullen sie nicht gefunden haben? Hast'e sie irgendwo verscharrt?«

Vikram wurde nun doch ungehalten.

»Nein Fritz, natürlich nicht!«

»Fritz, lass es doch gut sein. Du redest mit dem Häuptling. Er wird ihr schon nichts getan haben«, versuchte Patrick die Situation zu entspannen.

Doch Fritz war neugierig geworden und ließ nicht locker.

»Und, wo isse jetzt? Laufen gelassen hast'e die Schnalle ja wohl auch nicht, sonst wär' sie ja wieder aufgetaucht.«

In diesem Moment trat Evelyn vor die Höhle. Sie hatte sich eine Strickjacke von Vikram übergezogen, die sie wie zum Schutz um sich geschlungen hielt.

»Reden Sie etwa von mir?«

Mit festem Blick starrte sie die beiden jungen Männer an. Sie erkannte den Mann mit den blauen Augen wieder. Sie ging auf ihn zu und reichte ihm die Hand.

»Mein Name ist Evelyn. Und ich bin freiwillig bei Vikram geblieben, nachdem *Ihr* mich entführt habt!«, fügte sie trotzig hinzu.

»Patrick. Freut mich, Sie gesund und munter wiederzusehen. Dann waren Sie das also, die ich gehört habe, und keine Maus!« Er lächelte Evelyn an und schüttelte ihre Hand.

Er wirkte eigentlich ganz sympathisch, stellte Evelyn fest.

»Nein, keine Maus, aber ich mache halt nicht jedem Räuber die Tür auf!«, stellte sie klar.

»Na, schlagfertig ist sie ja!« Fritz musterte Evelyn abschätzend. Doch dann trat auch er auf sie zu. »Ich heiße Fritz. Und soweit ich das beurteilen kann, war dein Mann ein ziemliches Arschloch. Dafür hab ich ihm auch ordentlich eine verpasst. Mit dem Häuptling hast du eine viel bessere Wahl getroffen!«

Er reichte ihr seine Hand und wandte sich wieder an Vikram. »Na, da musst'e mir ja dankbar sein.« Er schien amüsiert und sehr mit sich zufrieden. »Was gibt's denn Leckeres zu essen?« Fritz schielte auf Vikrams volle Tüte, die an der Höhlenwand lehnte.

»Ein großer Fleischeintopf reicht mir zum Dank!«

»Fleisch ist gerade nicht im Angebot, aber mit Würstchen kann ich dienen.«

Vikram musste über die ungestüme Art von Fritz lachen. Er hatte ja recht, die Jungs hatten Evelyn zu ihm in den Wald geführt und das war das größte Glück seines Lebens gewesen.

»Und ich mit einer Linsensuppe. Sie ist schon fast fertig, muss nur noch kochen!« Evelyn strahlte Vikram an, der auf sie zu kam und sie erleichtert an sich drückte. Er war stolz auf die patente Frau an seiner Seite.

Sie setzten sich zu den beiden jungen Männern ans Feuer und kochten die Suppe.

»Und, was ist aus den anderen geworden? Über Hermann und Karl weiß ich Bescheid, aber geht's den übrigen auch gut?«, erkundigte sich Vikram.

»Scheint so. Wir haben zumindest nichts Gegenteiliges gehört. Mit Flo und Birger haben wir die Obdachlosenunterkunft angesteuert, die anderen sind direkt weitergezogen. Die meisten haben, soweit wir wissen, neue Orte für sich gefunden. Auch Flo und Birger sind nach ein paar Tagen fort«, erzählte Patrick.

»Dann seid ihr jetzt die Einzigen, die zurückgekehrt sind. Karl und Hermann sind sesshaft geworden, haben eine richtige Wohnung und sogar Arbeit.«

»Schön für sie. Die sind ja auch schon alt, für sie ist's besser. Aber mich kriegt niemand zurück in ein normales Leben«, meinte Fritz. Er spie das Wort *normal* voller Ekel aus. »Ich bleibe für immer im Wald. In der ersten Nacht im Obdachlosenheim wurden mir gleich meine Stiefel geklaut! Kann man das glauben?«

»Wie kann man nur so asozial sein!« Patrick stimmte ihm zu.

»Ja, und dann die blöden Sozialarbeiter, die sich gleich auf uns gestürzt haben, uns alles verboten haben und uns für gemeinnützige Arbeit einteilen wollten! Das sind doch alles blöde Freaks!«, empörte sich Fritz weiter.

Vikram musste schmunzeln. »Hey hey, mein Schwager ist auch Sozialarbeiter. Der ist kein blöder Freak. Immerhin hat er ohne Fragen zu stellen Hermann und Karl bei sich aufgenommen.«

»Mhm, na vielleicht sind nicht alle so anstrengend«, meinte Patrick.

»Aber siehst'e: arbeiten, arbeiten, arbeiten. Denen fällt nix anderes zum Leben ein«, blieb Fritz bei seiner Meinung.

»Apropos Arbeiten: Was hast du denn früher gearbeitet, Häuptling? Das hast du uns nie erzählt!«, stellte Patrick neugierig fest.

»Na, schaut euch mal meine Höhle an, vielleicht könnt ihr es euch dann denken«, blieb Vikram geheimnisvoll.

»Bauarbeiter?«, riet Patrick einfallslos, doch Fritz protestierte sogleich.

»Nee, unser Häuptling ist gebildet. Der hat bestimmt studiert! Also eher Bauingenieur! Dem Ingenör ist nix zu schwör«, alberte Fritz herum.

Aber Patrick war wirklich interessiert und schickte ein energisches »Psst!« zu Fritz. Vikram beobachtete beide amüsiert und gab sich schließlich einen Ruck. Warum sollte er aus seinem Beruf, den er immer geliebt hatte, ein Geheimnis machen? Immerhin war er, bis zum besagten Vorfall, der ihn in den Wald geführt hatte, sehr stolz darauf gewesen.

»Na, sieht man der genialen Höhleneinrichtung nicht an, dass ich Architekt bin?«

»Wow!« Die jungen Männer waren beeindruckt. »Doch, jetzt wo du es sagst, deine Bude ist schon gut durchdacht!«

»Das will ich wohl meinen!«

»Und, welches Gebäude ist von dir? Hast du was Bekanntes entworfen?«

»Also, zumindest ihr kennt es wohl recht gut: Ich habe vor zwölf Jahren den Umbau des alten Postamtes in die Obdachlosenunterkunft geplant!«

Evelyn prustete los, als sie die verdutzen Gesichter der jungen Männer sah. Nach der ersten Verwunderung lachten auch sie lauthals los und Vikram konnte ebenfalls nicht mehr an sich halten. Der gemeinsame

Lachanfall dauerte mehrere Minuten, da die Männer und Evelyn sich immer wieder neu ansteckten. Schließlich kriegten sich alle wieder ein und saßen um Luft ringend am Feuer.

»Ach, wie habe ich diese herrlichen Sonntage bei dir vermisst!« Patrick reichte Vikram seine leere Schüssel und bekam noch eine Portion Suppe.

»Ja, es ist klasse wieder so zusammenzusitzen. Schade, dass wir nie mehr in der alten Runde zusammenkommen werden«, seufzte Fritz. »Waren echt nette Zeiten!«

»Na ja, Fritz, zum Ende dieser Ära hast du einen nicht unentscheidenden Beitrag geleistet«, erinnerte ihn Vikram.

»Aber dafür haben wir ja jetzt Evelyn! Die ist doch eigentlich besser als zehn Männer!« Fritz Bemerkung brachte ein Lächeln auf Evelyns Lippen. Sie mochte die beiden Jungspunde. Sie hatten nichts mehr von dem Schrecken, den sie bei dem Überfall an den Tag gelegt hatten. Die blauen Augen von Patrick waren längst nicht so eisig, wie Evelyn sie in Erinnerung hatte, sondern ließen ihn aufgeweckt erscheinen. Und Fritz war lange nicht so bedrohlich, wie er mit dem Stock gewirkt hatte, sondern richtig witzig.

»Jetzt müsst ihr aber mal erzählen, wie es hier im Wald weiterging. Wir wollen die ganze Lovestory hören!« Fritz grinste anzüglich.

Vikram berichtete nüchtern von den Ereignissen. Die intimen Details ließ er bewusst aus.

26

Die sonntäglichen Treffen wurden wieder zu einem regelmäßigen Termin. Die jungen Männer brachten mit ihrem schrägen Humor Schwung in Vikrams und Evelyns Zweisamkeit. Der Austausch tat allen gut.

Am letzten Sonntag im September stürmten Patrick und Fritz mit einem bunten Strauß Wildblumen auf die Lichtung und überreichten sie der *Hausherrin*. Beide hatten Evelyn ins Herz geschlossen und als *Häuptlingsfrau* anerkannt. So fügten sie sich ohne Murren, als Evelyn sie zum Ausspülen der Schalen und zum Wasserholen schickte.

»Toll, ich bin beeindruckt. Wie hast du das denn hinbekommen? Die faulen Rabauken machen etwas freiwillig?«, scherzte Vikram voller Anerkennung.

Evelyns anfängliche Unsicherheit hatte sich im Laufe der letzten Wochen gelegt. Sie war immer selbstbewusster geworden und hatte das Erbe von Andreas Unterdrückung inzwischen fast vollständig abgeschüttelt.

Evelyn würde eine gute Mutter abgeben, da war er sich sicher. In den letzten Tagen machte er sich immer häufiger Gedanken. Ihre unzähligen erotischen Abenteuer konnten auf längere Sicht doch nicht ergebnislos bleiben? Er hoffte im Stillen auf ein baldiges Zeichen einer Schwangerschaft, doch bislang sprang Evelyn wie eh und je energievoll und fröhlich durch den Wald.

Vikram gedachte seiner Frau und seinem Kind, das nie das Licht der Welt erblicken durfte. Er war traurig, aber der Schmerz saß nicht mehr ganz so tief. In den letzten Jahren hatte er jeden Gedanken an sie konsequent verdrängt, zu brutal bohrten sich die Bilder in seinen Kopf und er konnte keine Erinnerung an sie ertragen. Doch nun durchflutete lediglich eine angenehme Wärme seinen Körper. Er dachte voller Liebe an Laura und genoss die letzte Erinnerung an sie. Wie sie mit nassen langen Haaren und rundem Bauch auf ihrem Balkon in der Mittagssonne saß. Sie hätte es nicht gewollt, dass er sich in die Einsamkeit eines dunklen Waldes zurückzieht. Sie hätte Evelyn bestimmt gemocht.

Wenn Evelyn schwanger werden sollte, dann konnten sie allerdings auf keinen Fall im Wald bleiben. Gerade jetzt, wo es immer kälter wurde. Evelyn hatte sich bislang nicht beschwert, doch er spürte, wie sie nachts fror. Er wusste, dass Evelyn einen harten Winter im Wald nicht überstehen würde. Und da er sie nicht verlieren wollte, machte er sich erstmals ernsthafte Gedanken um ein Verlassen des Waldes. Er wollte Evelyn und einem Kind etwas bieten.

Doch die Stadt war für sie voller Gefahren. Der Gedanke an Evelyns Mann, der ihnen dann so nahe war, machte ihn rasend. Der sollte ihm zu seinem eigenen Schutz bloß nicht in die Quere kommen! Vikram würde sich ihm in den Weg stellen und Evelyn bis auf sein Blut verteidigen. Er war stark und fürchtete sich nicht. Aber konnte er sie alleine in die Stadt lassen? Müsste sie nicht zum Schutz des Kindes stets zu Hause bleiben?

Seine Suche nach Evelyn hatte Andreas anscheinend eingestellt. Heute Morgen, bei Vikrams Ausflug zur

Kirche hatte er erleichtert festgestellt, dass seit Langem keine neuen Plakate in der Stadt aufgetaucht waren. Andreas hatte bestimmt das Weite gesucht. Ohne ihn könnte Vikram wieder in die Stadt ziehen, in der ihm so viele Menschen ans Herzen gewachsen waren.

Und so plante er in seiner Vorstellung die gemeinsame Rückkehr. Ja, er wurde wieder bürgerlich. Es war noch ein komisches Gefühl, aber gemischt mit Aufregung und gespannter Vorfreude. Er war nun endlich bereit, in ein normales Leben zurückzukehren. Mit Evelyn konnte er sich alles vorstellen. Beiläufig hatte er schon in den Zeitungen nach Stellenanzeigen gestöbert.

»He, Häuptling, träumst du etwa?«

»Was? Nein.« Er blickte auf. Sie saßen zu viert um seine Gemüsepfanne. Evelyn hatte sich seinen dicken Pullover übergezogen.

»Na, und was sagst du dann dazu?«

»Äh, wozu? Tut mir leid, ich hab gerade nichts mitbekommen«, gab er zu und ließ das Gelächter über sich ergehen.

»Na, wir haben Birger letzte Woche getroffen. Flo hat irgendwo eine Frau kennengelernt und ist bei ihr geblieben. Birger ist jetzt ein Vagabund. Zieht durch die Gegend, arbeitet hier und da. Aber meistens schnorrt er sich durch. Wir haben ihm von euch erzählt und er freut sich wahnsinnig für dich! Wir sollen schöne Grüße ausrichten!«

»Ach, das ist ja nett! Aber was soll ich dazu sagen?«

»Es wirkt, als wolle er auch zurück in unsere Heimat kommen. Zumindest zeitweise«, meinte Fritz.

»Ja, er interessierte sich sehr dafür, wie es jetzt im Wald so ist, nachdem die anderen nicht mehr da sind«, fügte Patrick hinzu.

»Es wäre doch schön, wenn wenigstens einige von der alten Truppe wieder auftauchen«, hoffte Fritz.

Sie unterhielten sich weiter. Vikram vergaß seine Gedanken über den Tag, erst abends, als er wieder mit Evelyn alleine war, griff er seine Überlegungen wieder auf. Er wollte endlich wissen, wie Evelyn zu seinen Plänen stand. Sie waren jetzt ein Team und er konnte ihre gemeinsame Zukunft nicht länger alleine planen. Nur seine Hoffnung auf ein Kind verschwieg er. Das mochte er nicht thematisieren. Entweder es ergab sich, oder eben nicht.

Evelyn hatte sich warm eingepackt und trotzte im Feldbett der Kälte. Vikram legte sich zu ihr.

»Sehnst du dich nach einem Kamin?«

Evelyn antwortete ihm ehrlich:

»Na ja, ein wenig mehr Wärme würde ich mir schon wünschen.«

»Das denke ich auch! Und deshalb möchte ich dir anbieten, mit dir«, Vikram machte eine theatralische Pause, »in eine Wohnung in die Stadt zu ziehen!« Er breitete seine Arme aus. »Ta-dah! Jetzt ist es raus.«

Evelyn schaute ihn verblüfft an.

»Wie? Und was ist mit deiner Höhle?«

»Ich dachte mir, wir nutzen sie im Sommer für romantische Wochenenden. Wenn es warm ist und wir nicht frieren müssen.«

»Du willst für mich dein Zuhause aufgeben? Ist das dein Ernst?« Evelyn konnte es kaum glauben.

»Ja, mein voller Ernst! Mit dir kann ich überall glücklich sein, da brauche ich kein Versteck im Wald mehr.«

»Wow, ich bin sprachlos.« Sie beugte sich zu Vikram vor und gab ihm einen langen Kuss. »Danke für diese wunderschöne Liebeserklärung! Auch wenn ich hier im Wald mit dir glücklich gewesen wäre, komfortabler und kuscheliger ist es in einer Wohnung allemal. Und wir müssten beide nicht frieren!«

»Genau, ich denke auch, dass ein Kamin mittlerweile besser als ein Lagerfeuer ist. Ehrlich gesagt, ich bin jetzt 40 und so langsam wird es auch für mich ungemütlich hier draußen. Mir ist klar geworden, dass ich mein selbst gewähltes Leben in der Einsamkeit nicht mehr brauche. Jetzt, wo ich dich an meiner Seite habe, sehne ich mich nach einem gemütlichen Zuhause, wo es dir an keiner Annehmlichkeit mangeln soll. Ich träume von einem richtigen Herd, worauf ich dir noch viel leckere Gerichte kochen könnte.«

»Ja, nicht nur Eintöpfe. Die schmecken zwar gut, aber naja.« Evelyn verzog ihr Gesicht zu einer Schnute.

»Genau!« Vikram lachte über Evelyns unbeholfene Andeutung. »Du sollst auch mal ein 3-Gänge-Menü bekommen. Ich möchte dir mehr Luxus bieten können!«

»Luxus brauche ich nicht, Vikram. Aber eine gemütliche Wohnung mit dir, das wäre mein Himmel auf Erden.«

»Gut, dann ist das also beschlossene Sache. Ich werde mich um eine Arbeit kümmern. Ich klappere alle Architekturbüros der Gegend ab. Gleich morgen! Meine alten Kontakte öffnen mir sicher einige Türen.«

»Wollen wir denn hier in die Stadt ziehen?« Evelyn druckste herum. Sie traute sich nicht recht mit der Sprache herauszurücken.

»Ja, warum denn nicht?«

»Na, mein Mann könnte uns jederzeit über den Weg laufen.«

»Ach, soll er doch! Wenn er dir zu nahe kommt, breche ich ihm alle Knochen! Dann wird er es nie wieder wagen, dir einen Finger zu krümmen. Wir werden uns sicher nicht wegen ihm verstecken!«

27

Vikram versuchte in der Stadt sein Glück. Bei Rolf, der Vikrams wichtige Unterlagen verwahrte, besorgte er sich sein Diplom und seine Arbeitszeugnisse sowie einen halbwegs schicken Anzug. Er klapperte zwei Architekturbüros ab, deren Chefs er noch aus seiner aktiven Zeit kannte. Beim Ersten kam er nicht einmal an der Sekretärin vorbei und bei seinem ehemaligen Freund Gernot blitzte er ab. Dieser war als Architekt zu Geld gekommen und hatte darüber seinen Charakter verloren. Früher teilten sie ihre Visionen zur *Sozialen Stadt,* doch nun baute er Luxuswohnungen in der Innenstadt. Für Träumer habe er keine Verwendung, sagte er, lachte ihn an und widmete sich seinem Smartphone. Geknickt kehrte Vikram zurück.

Evelyn hörte das Rascheln der Zweige und sprang aufgeregt vom Bett. Endlich war er zurück. Der Tag ohne ihn war einsam und langweilig gewesen, doch sie wusste ja, wofür die Warterei gut war. Die vielen Stunden hatte sie damit verbracht, sich ihr neues Leben auszumalen.

»Und, warst du erfolgreich?«, fragte sie hoffnungsvoll, als Vikrams schwarzer Haarschopf am Höhleneingang auftauchte.

»Hey, hey, lass mich doch erst mal reinkommen«, lachte Vikram. Er trat ein und wurde sofort von Evelyns stürmischer Umarmung in Beschlag genommen.

»Ich will alles hören, jede Kleinigkeit!« Sie war überglücklich, Vikram wieder bei sich zu haben.

»Ist ja gut, sobald ich wieder Luft bekomme. Was duftet denn hier so gut?«

»Ich habe uns eine Zucchini-Kartoffelpfanne gekocht. Mit Speckwürfeln, die ich in der Vorratskammer gefunden habe. Kann aber sein, dass sie schon kalt ist. Ich habe das Feuer gelöscht, als es draußen dunkel wurde.« Evelyn holte den Topf hervor, den sie mit einigen Leinentüchern umwickelt hatte, um die Wärme zu halten.

»Egal! Ich habe riesigen Hunger!«

Vikram aß zwei Teller leer und berichtete Evelyn anschließend von seinen Erlebnissen.

»Also, heute war es noch nicht ganz so erfolgreich, aber weißt du, ich habe dennoch ein sehr gutes Gefühl.«

»Was heißt das konkret?« Evelyn wurde ernst.

»Schau mal, ich habe ein Smartphone. Ich bin jetzt auch ein moderner Mensch!«

Ungläubig schaute Evelyn Vikram an.

»Ich habe es nicht gestohlen. Eva aus dem Sozialladen hat mir ihr altes Gerät geliehen. Ich bin jetzt erreichbar. Das ist wichtig in der Branche.«

Eva war bei seinem ersten Besuch seit langem wieder sehr euphorisch gewesen. Doch er hatte ihre aufgeregten Nachfragen mit seinem Versprechen, dass er die beiden Frauen in Kürze miteinander bekannt machen werde, rasch unterbinden können. Nur zu gerne hatte sie Vikram daraufhin mit ihrem ausrangierten Smartphone ausgeholfen.

Skeptisch ließ sich Evelyn das Gerät zeigen und wunderte sich, dass sie sogar mitten im Wald Empfang hatten.

Im Laufe der Woche zeichneten sich erste Erfolge ab. Vikram erhielt einige Anrufe mit Einladungen zu Vorstellungsgesprächen, sowohl direkt in der Stadt als auch in zwei Nachbarorten. Er führte größtenteils gute Gespräche, die ihm immer mehr Hoffnung machten. Vikram war so motiviert und begeistert bei der Sache, dass die lange Abwesenheit von seinem Job kaum Verwunderung hervorrief. Seine Gesprächspartner waren verblüfft, aber nicht abgeneigt, wenn sie auf die Frage, was Vikram denn in den letzten Jahren gemacht hatte, zur Antwort bekamen: »Ich habe ehrenamtlich im Wald Unterkünfte für Obdachlose gestaltet.«

Am Freitagabend, als Vikram sich gerade auf den Rückweg machen wollte, klingelte das Smartphone: Ab November konnte er bei einer kleinen, noch unbekannten Firma seine Arbeit beginnen. Er besorgte zur Feier des Tages schnell eine Flasche Wein und einen Kuchen.

Evelyn war froh, nun die nächsten Tage gemeinsam mit ihrem Liebsten verbringen zu können. Sie würden bald in der Stadt wohnen und sie könnte sicherlich wieder in ihrer alten Bücherei arbeiten. Sie könnten schick essen und die Abende im Kino oder Theater verbringen. Doch die Angst vor einer Begegnung mit Andreas war nicht verschwunden. Konnte sie alleine vor die Tür oder würde sie auch in ihrer neuen gemeinsamen Wohnung ständig alleine zu Hause sitzen? Würde sie Andreas irgendwann unvermittelt in der Stadt treffen? Oder würde er ihr vor der neuen Wohnung auflauern? Nichts war wirklich sicher. Sie atmete tief durch und sagte sich, dass sie vor ihm keine Angst zu haben brauchte. Sie hatte ja Vikram!

Gemeinsam malten sie sich aus, wie die neue Wohnung aussehen sollte. Während sich Evelyn und Vikram am Abend auf dem Feldbett den Kuchen schmecken ließen und der Wein immer mehr ihre Sinne berauschte, diskutierten sie lebhaft über ihre jeweiligen Vorstellungen. Vikram wollte einen Garten und einen Kamin, Evelyn eine offene Küche und die farbenfrohen orangefarbenen Vorhänge mit dem großen Blumenmuster, die sie vor Jahren in einem Einrichtungshaus gesehen hatte. Andreas hatte sie scheußlich gefunden und, als Evelyn auch zu Hause nicht aufgehört hatte von ihnen zu schwärmen, ihr die allererste Ohrfeige verpasst.

Wichtig war ihr, dass ihre Sachen aus Andreas Haus geholt werden mussten. Sie wollte nur ihren Kleiderschrank und dessen Inhalt. Sie hoffte, dass Andreas ihre Kleidung und persönlichen Gegenstände nicht bereits vor Wut entsorgt hatte. Vikram versprach ihr, sich darum zu kümmern. »Fritz und Patrick werden uns bestimmt dabei helfen.«

»Ich hoffe, wir können uns die neue Einrichtung überhaupt leisten. Ich durfte mir noch nie etwas aussuchen.«

»Ach Evelyn, mein Schatz. Solange das Geld reicht, darfst du alles haben, was du möchtest. Ich werde unsere Wohnung mit geschultem Architektenauge aussuchen, und du übernimmst dann die Inneneinrichtung!«

»Klar, ich werde uns ein gemütliches Zuhause schaffen. Mit einem riesigen Kuschelsofa!« Evelyn strahlte Vikram mit rot-glühenden Wangen an.

»Wollen wir?«, fragte er voller Verlangen.

»Ja«, hauchte Evelyn.

Am nächsten Morgen waren ihre Köpfe schwer und beide mochten nicht aufstehen.

»Weißt du was, Evelyn? Wir werden uns ein richtig schönes vorgezogenes Abschiedswochenende vom Wald machen. Die Woche war so anstrengend und wir haben uns kaum gesehen. Jetzt werden wir es uns noch zwei Tage einfach gutgehen lassen, bevor wir uns am Montag auf Wohnungssuche begeben! Wir streifen noch mal durch den Wald, lassen uns treiben …«

»Du wolltest wohl sagen, wir treiben es im Wald!«, scherzte Evelyn.

»Oh, auch eine super Idee! Aber sag mal im Ernst, was hältst du davon, wenn wir uns noch zwei Tage ausruhen? Einfach ein letztes Mal den Wald genießen und unsere Zweisamkeit!«

»Gerne. So ruhig und intim wird es in der Stadt wohl nie mehr werden.«

»Ja, das werde ich vermissen!«, seufzte Vikram. »Es waren schöne Zeiten.«

»Und die lassen wir jetzt noch mal aufleben.« Evelyn beugte sich über Vikram und küsste ihn.

Er gab sich ihren zarten Berührungen hin und streichelte ihren Rücken.

Der Samstag verging in einem einzigen Rausch. Evelyn und Vikram nutzten die wärmende Mittagssonne, um sich im kleinen Wasserbecken unter dem Wasserfall ihrer Lust hinzugeben. Am frühen Nachmittag zogen sie weiter, um Vikrams Schaukel die Ehre zu erweisen. Abends saßen sie noch bis weit in die Dunkelheit hinein am Feuer. Evelyn forderte Vikram auf, ihr seine wichtigsten Erlebnisse im Wald zu berichten und es kamen etliche wilde Geschichten, die er natürlich seinen Jungs zu verdanken hatte, zutage.

Am Sonntag standen sie zeitig auf, schnappten sich eine Decke und liefen Hand in Hand zu ihrer Lieblingswiese. Dort standen sie lange am Rand und schauten schweigend über den Abhang.

»Schade, dass wir uns dann nicht mehr vor der untergehenden Sonne lieben können«, durchbrach Evelyn die Stille. »Ich glaube, das waren für mich die schönsten Erlebnisse meiner kurzen Zeit im Wald.«

»Es waren auch die schönsten Momente meiner langen Zeit im Wald!« Vikram wurde wehmütig. »Aber weißt du was? Die Mittagssonne ist auch schön!«

Er breitete die Decke in der Mitte der runden Wiese aus. Der Tau des Morgens war von der noch kräftigen Mittagssonne getrocknet. Sie legten sich hin und schmiegten sich aneinander. Langsam zogen sie sich gegenseitig aus, ein Kleidungsstück nach dem anderen. Sie wollten diesen letzten intimen Augenblick in der Natur so intensiv wie möglich erleben. Ruhig und sanft bewegten sie sich ineinander. Und als ihr gemeinsamer Höhepunkt erreicht war, blieben sie aneinander gekuschelt liegen und gaben sich ihren Gedanken hin.

28

»Aha! Hier seid ihr beiden Turteltäubchen also!«

Die schneidende Stimme des Mannes riss Vikram und Evelyn aus ihren Träumen. Evelyn hatte sie sofort erkannt und blieb starr vor Schreck liegen. Vikram fuhr auf und starrte in das wutverzerrte Gesicht von Andreas.

Sofort sprang er auf und stellte sich, nackt wie er war, Andreas gegenüber.

»Wie lange stehen Sie schon da?«, fauchte er ihn an.

»Lange genug, um endlich die Bestätigung zu haben: Meine Frau vögelt also wirklich alles, was sie kriegen kann. Sogar ihren Entführer. Reizend, wirklich reizend. Dreh dich wenigstens um und schau mich an, wenn ich mit dir rede, Evelyn.«

»Zieh dich an, Liebling. Ich regle das!«, sagte Vikram zu Evelyn.

»Warum soll sie sich anziehen, sie ist schließlich meine Frau, da habe ich wohl das Recht, sie nackt zu sehen! Oder darf sich die ganze Welt an deinem Körper ergötzen, bloß dein angetrauter Mann nicht?« Andreas fixierte Evelyn.

Evelyn hatte sich rasch ihren Schlüpfer und ihr Kleid angezogen. Nur den BH bekam sie auf die Schnelle nicht zu. Sie drehte sich langsam um, stand auf und blickte Andreas fest in die Augen. Auf seiner Stirn zeichnete sich eine Narbe ab. Da hatte Fritz ganze Arbeit geleistet.

»Du hast doch schon seit Jahren kein Interesse mehr

an meinem Körper gezeigt.«

»Ja, weil ich gerne ein wenig Exklusivität gehabt hätte!«

»Ich war dir immer treu, Andreas. Bis jetzt. Aber unsere Ehe ist doch schon lange am Ende!« Evelyn versuchte ihrem Mann gegenüber stark zu wirken, doch ihre Stimme war nur ein Krächzen. Andreas schaffte es mit drei Sätzen, dass sie sich sofort wieder klein und unbedeutend fühlte.

Vikram hatte sich in der Zwischenzeit seine Shorts übergestreift, zog Evelyn weg und baute sich vor Andreas auf. Sein breiter Rücken bot Evelyn Schutz. Nur zu gerne versteckte sie sich hinter ihm und hoffte, dass Vikram Andreas mit nur einem Schlag in die Schranken weisen würde.

»Ach komm, du willst mir doch nicht erzählen, dass dies dein erster Seitensprung war, Evelyn! Und du wolltest mir die ganzen Jahre weiß machen, du wärst die Unschuld vom Lande. Du bist so erbärmlich!« Andreas spuckte angeekelt auf den Boden. »Pfui!«

»Sie haben kein Recht, Evelyn zu beleidigen«, warf Vikram ein. »Ein wenig Respekt vor Frauen würde Ihnen sicherlich gut stehen.«

»Ich habe Respekt vor Frauen, aber das hier ist ein billiges Flittchen! Tut so als wäre sie entführt worden, nur um mir Schwierigkeiten zu bereiten. Weißt du, was ich wegen dir durchgemacht habe?«, wandte er sich an Evelyn. Doch Vikram war es, der ihm antwortete:

»Wissen Sie, was sie wegen Ihnen durchgemacht hat? Sie hat etwas Besseres verdient, als einen Mann, der sie schlägt und demütigt.«

»Ach, und du bist besser, Vikram? Ein abgehalfterter

Einsiedler, der nur von Almosen lebt? Dass ich nicht lache!«

»Woher kennen Sie meinen Namen?« Vikram bekam ein flaues Gefühl im Magen. Andreas war ihnen einige Schritte voraus. Dass er sie jetzt gefunden hatte, war kein Zufall. Er hatte genau gewusst, wo er nach ihnen suchen musste. Er hatte einen Informanten.

»Oh, Entschuldigung. Sollte ich lieber Häuptling sagen?« Andreas grinste Vikram spöttisch an. »Und, wo sind deine Männer, wenn du sie brauchst?«

Vikram ließ den Hohn an sich abprallen und ging nicht auf Andreas Provokation ein.

»Wie haben Sie uns überhaupt gefunden?«

»Weißt du, wenn man hart arbeitet und Geld verdient, dann kann man netten Menschen, die einem helfen, auch mal ein paar Tausend Euro zahlen. Du wärst überrascht, wie schnell man dann Leute findet, die ihre Freunde verraten.« Andreas grinste hämisch.

Vikrams Gehirn ratterte. Wer hatte ihn und Evelyn verraten? Mit Sicherheit nicht Karl oder Hermann! Auch nicht Fritz und Patrick. Das wagte er sich kaum vorzustellen. Er wollte auf dieses Spiel von Andreas nicht weiter eingehen. Er mochte ihm diesen Triumph nicht gönnen. Anschuldigungen würden bei dem Mann nur abprallen. Vikram sah sich einem narzisstischen Wurm gegenüber.

»Nun gut, Sie haben also einiges an Geld locker gemacht, um uns zu finden. Das schmeichelt mir!«

»Dich halb nackten Wilden habe ich nicht gesucht. Es geht nur um mich und meine Frau. Es ist *meine* Frau!«

Vikram blieb ruhig und reagierte nicht auf die Beleidigung. »Hätten Sie ihre Frau besser behandelt, dann wäre sie noch bei Ihnen. Aber Evelyn war nicht mehr glücklich und sie hat ihre Wahl getroffen. Sie gehört Ihnen nicht.«

»Das werden wir jetzt ein für alle Mal klarstellen.«

»Gut. Vielleicht sollten wir dann lieber alle gemeinsam zur Polizei gehen und die Angelegenheit in aller Ruhe aufklären.«

»Zur Polizei?« Andreas lachte schrill auf. »Na, du hast einen seltsamen Humor! Falls du es noch nicht wissen solltest, ich bin die Polizei! Und du bist der Entführer! Wir brauchen nirgendwo hinzugehen, wir klären das schön untereinander! Hier und jetzt.«

»Okay.« Vikram versuchte sich krampfhaft eine Strategie zu überlegen, wie er Andreas beschwichtigen konnte. Doch bevor er die richtigen Worte fand, schaltete sich Evelyn ins Gespräch ein:

»Bitte lass uns einfach in Ruhe, Andreas. Vikram hat mich nicht entführt, er hat mit dem Überfall auf dich, auf uns, nichts zu tun. Wir haben uns hier im Wald kennengelernt und ich bin freiwillig bei ihm geblieben. Es tut mir leid, dass wir beide keine glückliche Zukunft miteinander haben können. Wir hatten zwar schöne Zeiten, doch die sind lange her. Aber wir haben schließlich keine Kinder. Wir können uns ohne großen Aufwand trennen. Also stimme doch bitte einer Scheidung im Guten zu. Du kannst auch alles behalten. Ich möchte nur meine wenigen persönlichen Dinge wieder haben.« Evelyn versuchte ruhig und abgeklärt zu wirken, doch ihre Stimme überschlug sich bei ihrem Redeschwall.

»Interessant, dass du unsere nicht existierenden

Kinder erwähnst. Da kommen mir lustige Erinnerungen. Dein alberner Kinderwunsch; weißt du eigentlich, warum du nie schwanger geworden bist?« Er blickte Evelyn herausfordernd an, doch sie war nicht in der Lage zu antworten.

»Na, an mir lag es sicher nicht, falls du das geglaubt hast. Oder, warte, doch, irgendwie schon.« Andreas lachte verächtlich. »Weißt du noch, wie ich dir am Anfang unserer Ehe morgens immer einen Tee gekocht und ans Bett gebracht habe? Tja, so konnte ich dir ohne Probleme regelmäßig die Pille verabreichen.«

»Aber wieso?«, stammelte Evelyn. »Ich dachte immer, du wolltest auch Kinder.«

»Kinder? Ich hasse Kinder! Aber du warst ja immer so unersättlich. Jeden Tag habe ich gehofft, dass deine biedere Leidenschaft endlich erlöscht. Es war so langweilig mit dir im Bett, dass ich mir schon damals hinterher im Bordell geholt habe, was ich brauchte.«

»Und warum haben Sie Evelyn dann überhaupt geheiratet? Sie haben sie doch nie geliebt!« Vikram wurde das ganze Ausmaß von Andreas Geständnis bewusst und drückte die zitternde Evelyn fest an sich.

»Nun kann ich es ja sagen. Der Sinn unserer Ehe war ganz einfach den Schein zu wahren. Du warst so herrlich jung und naiv. So unschuldig, dass ich mit dir an meiner Seite den treu sorgenden liebevollen Ehemann spielen konnte. Ein verheirateter Beamter erweckt keine Zweifel und niemand ist auf die Idee gekommen, dass ich, sagen wir mal, noch anderen Geschäften nachgehe. Stattdessen habe ich bei meinen Vorgesetzten immer nur den besten Eindruck hinterlassen. Und deshalb, Evelyn, will ich dich auch zurück. Wir waren einfach ein gutes Team!«

»Sie werden Evelyn nicht mehr in Ihre schmutzigen Finger kriegen. Das schwöre ich! Ich werde mit Freude bezeugen, dass Sie Evelyn nur aus Berechnung geheiratet haben. Somit steht einer Scheidung nichts mehr im Weg.« Vikram jubilierte.

»Halt, Halt. Nicht so voreilig. Wir haben uns immerhin ein Versprechen für die Ewigkeit gegeben. Bis dass der Tod uns scheidet, weißt du noch Evelyn? Und wenn ich dich nicht zurückbekomme, dann stehe ich zu meinem Schwur.«

Andreas griff unter sein Hemd und zog eine Pistole hervor.

Instinktiv wichen Vikram und Evelyn einige Schritte zurück. Vikram versuchte Andreas mit aller Verzweiflung milde zu stimmen.

»Sie wollen Ihre Frau doch nicht erschießen, Sie sind doch Polizist, kein Mörder!«

»Nein«, antwortete Andreas betont ruhig. Er nutze seine Überlegenheit aus und weidete sich an seiner Machtposition. »Natürlich nicht! Ich könne doch meiner Frau nichts antun, oder?« Seine Stimme wandelte sich zu einem zarten Schmeicheln.

Er richtete die Pistole auf Vikram.

»Ich werde lieber dich umlegen, du hast mir schließlich meine Frau gestohlen! Das gehört sich einfach nicht!« Er schnalzte missbilligend mit der Zunge und entsicherte die Waffe. Mit entschlossenem Gesicht trat er auf Vikram zu, der fluchend zurückwich. Doch weit kam Vikram nicht, denn hinter ihm tat sich der Abgrund auf. Evelyn war die wenigen Schritte mitgestolpert und krallte sich verzweifelt an Vikram fest. Sie schrie und weinte. Gemeinsam sanken Vikram und Evelyn zu Boden.

»Okay, wenn Sie mich jetzt hier erschießen möchten, dann lassen Sie wenigstens Evelyn vorher laufen. Sie soll frei sein!« Seine Stimme wirkte ruhig und gefasst.

»Nein Vikram! Ich werde dich nicht im Stich lassen!«, jammerte Evelyn.

Vikram versuchte sich aus Evelyns Umklammerung zu befreien, doch sie hatte ihre Arme fest um ihn geschlungen. Über ihnen stand Andreas mit der Pistole. Genervt versuchte er auf Vikrams Kopf zu zielen. Doch Evelyn war immer im Weg.

»Ach, meinetwegen soll sie gehen. Ich brauche sie nicht mehr.«

»Also Evelyn, los! Gehe mir zuliebe!«, flehte Vikram.

»Nein, niemals«, schrie Evelyn.

»Ich glaube, das wird mir hier zu blöd. Evelyn, du bist ein Haufen Dreck. Eine dreckige Hure. Sollst du halt mit deinem dreckigen Wilden vereint sein. Für immer. Ich mache euch einfach beide kalt. Erst erschieße ich den dreckigen Wilden. Du verscharrst ihn und dann kommst du selbst an die Reihe. Ich gehe davon aus, du willst ohne ihn nicht mehr leben! Ich respektiere deinen Wunsch.« Er lachte hämisch.

»Hey, was ist denn hier los?« Ein Mann stürmte mit einem schweren Ast bewaffnet auf die Lichtung.

Andreas wirbelte überrascht herum und richtete seine Pistole auf den Angreifer. Evelyn löste ihre Umklammerung und Vikram sprang auf. Er erkannte Fritz, der erschrocken seine unnütze Waffe fallen ließ und zurückwich. Schnell stürmte Vikram auf Andreas zu, um die Verwirrung zu nutzen und ihn zu überwältigen.

Doch Andreas hatte sich bereits wieder gefangen und drehte sich erneut um. Er hob die Pistole und zielte auf Vikram. Bevor sich der Schuss löste, war Evelyn schon auf den Beinen und warf sich schützend vor Vikram. Dumpf fiel ihr zierlicher Körper zwischen den Männern zu Boden. Sie rührte sich nicht mehr. Vikram sank fassungslos neben Evelyn und hob ihren Kopf in seine Hände.

Andreas verharrte für einen Moment und schaute verdutzt auf die Szene zu seinen Füßen. Vikram redete auf Evelyn ein, doch sie blieb wie ein nasser Sack liegen. Seitlich auf ihrem Kleid breitete sich ein immer größer werdender Blutfleck aus.

Bevor sich Andreas besinnen und seine Tat zu Ende führen konnte, knallte ein schwerer Ast auf seinen Schädel. Es knackte einmal laut und der massige Körper von Andreas schlug neben Evelyn zu Boden.

»Keine Sorge, Häuptling. Wir werden ihr gleich helfen!«

29

Erschöpft saß Vikram im Wartebereich vor dem OP. Die Ereignisse des Tages liefen immer wieder wie ein Film vor seinen Augen ab.

Andreas war reglos liegen geblieben, neben ihm der lange, schwere Ast. Patrick, der sich während des Kampfes im Hintergrund gehalten hatte, eilte herbei und half Vikram die Schussverletzung mit seinem Hemd abzubinden, um die starke Blutung zu stillen.

Fritz und Patrick hatten Vikram unterstützt, Evelyn zum Wanderer-Parkplatz zu tragen, wo Fritz ein geparktes Cabrio kurzschloss. Sie hatten Evelyn auf den Rücksitz gelegt und Vikram hatte das Gaspedal bis zum Anschlag durchgetreten. So schnell wie möglich war er zum Krankenhaus gefahren. Patrick war im Wald zurück geblieben. Er sollte sich um Andreas kümmern.

In der Notaufnahme konnte Vikram beruhigt werden. Der Schuss war nicht tödlich, Evelyn würde überleben. Ihr wurde die Kugel herausoperiert.

Dass seine Zeit im Wald so dramatisch und abrupt zu Ende ging, schmerzte Vikram. Doch vielleicht war ein Ende mit Schrecken das Beste. Ein klarer Schnitt, damit er mit Evelyn komplett neu beginnen konnte.

Vikram räusperte sich und richtete seine Aufmerksamkeit auf Fritz, der im Nebensitz lungerte, seine Füße auf einem herangezogenen Stuhl gelegt. »Nun erklär mir das mal, warum warst du so schnell da? Und warum bist du bewaffnet auf der Wiese aufgetaucht?«

»Heute ist doch Sonntag. Wir haben uns wie jede Woche auf dein Essen gefreut. Aber als wir bei deiner Höhle ankamen, waren wir sehr erschrocken: Der große Topf war umgestürzt, die schönen Möhren und Kartoffeln lagen im Gras. Und der leckere Speck … Es war furchtbar. Und von euch beiden keine Spur!« Fritz stockte und musste erst einmal tief durchatmen.

»Wir wussten gleich, dass etwas Schlimmes passiert sein musste. Dann haben wir in deine Höhle geschaut und unsere Befürchtungen wurden bestätigt. Es sah aus wie nach einem Einbruch. All eure Sachen lagen auf dem Boden, alles durcheinander. Die Höhle war komplett verwüstet. Wir hatten uns schon gedacht, dass Evelyns Mann dahinter steckte. Wir hatten seine Plakate in der Stadt gesehen und wir sind ja nicht blöd. Da konnten wir eins und eins zusammenzählen. Wir haben uns direkt auf die Suche nach euch gemacht. Andreas hat so laut gebrüllt, da hatten wir euch schnell gefunden.«

In der Zwischenzeit war auch Patrick im Krankenhaus angekommen. Er erzählte, dass er keine Ahnung hatte, was er mit dem Körper von Andreas hätte tun sollen. Zum Verbuddeln hatte er keine Lust gehabt. Er entschied sich kurzerhand, ihn den Abhang hinunter zu werfen, damit es wie ein Unfall aussah. Fritz hatte Angst, dass er nun wegen Mordes in den Knast gehen müsste, aber Vikram versuchte ihn zu beruhigen:

»Nein, es war doch sowieso Notwehr. Ob er beim Kampf den Abhang hinunter gestürzt ist, oder erst später, das wird niemand nachprüfen können. Ist doch auch egal. Er hat es nicht anders verdient!«

»Nein, hat er nicht!«, pflichtete Fritz Vikram bei.

Sie waren sich einig, dass sie erst einmal schweigen und abwarten würden, ob die Polizei von einem Unfall ausgehen würde.

Vikram hatte sowieso andere Gedanken. Er ärgerte sich:

»Ach verdammt, meine schöne Höhle. Wir hätten das Wochenende doch lieber schon nutzen sollen, um alles zusammenzupacken!«

»Hä? Was meinst du?« Fritz guckte ihn verblüfft an.

»Wir ziehen in die Stadt. Ab November arbeite ich wieder als Architekt.«

»Was? Du kannst uns doch nicht so plötzlich verlassen!«

»Sorry! Wir wollten euch die Neuigkeiten heute beim Essen erzählen. Es hätte zur Feier des Tages sogar Kuchen gegeben.«

»Ach, das ist doch Mist!« Fritz grummelte.

»Keine Sorge. Wenn der Kuchen nicht Andreas zum Opfer gefallen ist, könnt ihr ihn gerne haben.«

»Ich meine doch nicht den Kuchen! Der ist mir völlig egal. Obwohl, wenn ihr ihn jetzt nicht mehr braucht, wir nehmen ihn natürlich gerne.« Fritz musste grinsen.

»Klar. Und die übrigen Vorräte, die noch da sind, überlassen wir euch auch. Weißt du, einer Frau kann man es halt nicht zumuten, im Wald zu leben. Vor allem nicht im Winter. Und noch weniger, wenn sie angeschossen worden ist. Evelyn hat Besseres verdient!«

»Ja, du willst ihr etwas bieten. Ich versteh schon. So eine tolle Frau würde ich auch nicht mehr verlieren wollen.«

»Ihr seid natürlich weiterhin sonntags zum Essen eingeladen. Sobald wir eine Wohnung haben.«

»Ich weiß nicht, ob wir das überhaupt verdient haben, Häuptling.«

»Und ob! Ihr habt uns schließlich das Leben gerettet! Außerdem, die einzigen Überbleibsel meiner alten Räuberbande, um die muss ich mich doch kümmern!«, meinte Vikram lachend.

»Nein, im Ernst. Ich habe da heute lange drüber nachgedacht. Es muss euch doch jemand verraten haben. Und ich glaube,« Fritz druckste herum. »Na, ich glaube, wir sind daran schuld.« Er schaute zu Patrick, der ihm stumm zunickte.

»Ihr habt mit Andreas gesprochen?«

»Nein, natürlich nicht! Ich vermute, dass Birger auch die Plakate von Andreas gesehen hat. Und er war der Einzige, den wir von unserer alten Bande noch mal getroffen und dem wir von euch beiden erzählt haben. Ich hätte doch nie für möglich gehalten, dass er euch verpfeift! Aber kurze Zeit später ist er uns wieder über den Weg gelaufen. Da hat er geprahlt, dass er so gut wie im Lotto gewonnen hätte und er wedelte mit etlichen grünen Scheinen herum. Er wollte damit in den Süden, im Warmen überwintern.«

»Ja, dann war es wohl Birger«, stellte Vikram enttäuscht fest.

»Es tut mir schrecklich leid, Häuptling!«

»Mach dir keine Vorwürfe, Fritz! Wer hätte das schon ahnen können. Man steckt halt nicht in den Menschen drin.«

»Wir lassen dich jetzt mit Evelyn allein. Patrick und ich kommen morgen wieder, um zu sehen, wie es ihr geht.«

Nachdem die beiden gegangen waren, dauerte es

keine Stunde, bis Evelyn langsam die Augen öffnete.

»Hey, mein Schatz! Da bist du ja wieder.« Vikram nahm ihre Hand in seine und streichelte mit der anderen ihre Wange.

Evelyn brauchte ein paar Minuten, um sich zu orientieren. Verwirrt blickte sie um sich. Dann sah Vikram die Erkenntnis in ihren Augen aufflackern. Sie setzte sich schlagartig auf, wobei sie ein Stöhnen unterdrückte.

»Wo ist Andreas? Hast du es geschafft, ihn zu überwältigen?«

»Fritz hat mir geholfen.«

»Und wo ist er jetzt?«, fragte Evelyn mit Panik in der Stimme.

»Keine Sorge, Evelyn! Du brauchst dir keine Gedanken mehr über deinen Mann zu machen. Er steht nicht mehr zwischen uns. Und wird dir auch nie mehr wehtun können!«

Beruhigt von Vikrams Worten lehnte sie sich wieder in die Kissen zurück.

»Das klingt zu schön, um wahr zu sein.«

»Ist es aber. Nur in meine Höhle können wir leider nicht mehr zurückkehren. Aber wir wollten ja eh in die Stadt übersiedeln, nicht wahr?«

Evelyn lächelte ihn an, drückte seine Hand und schloss ihre Augen.

»Ja«, flüsterte sie noch, dann schlief sie wieder ein.

Frühjahr

Das Flugzeug hatte seine Flughöhe erreicht und zu Vikrams Erleichterung leuchtete endlich das Signal auf, dass er den Sicherheitsgurt abschnallen durfte. Er atmete tief durch und seine Anspannung ließ nach. Bis sie Delhi erreichen würden, dauerte es noch sieben Stunden. Die wollte er nun so gut wie möglich genießen. Nach den langen Jahren in absoluter Freiheit war der erste Flug eine große Überwindung für ihn. Auf engstem Raum mit vielen Menschen zu sein, war noch nicht ganz einfach.

Vikram hatte sich allerdings erstaunlich schnell an das neue Leben mit festen Arbeitszeiten und Verpflichtungen gewöhnt. Er freute sich jeden Abend, zu Evelyn in sein gemütliches Zuhause zurückzukehren. Jetzt, wo der Frühling gekommen war, verbrachten beide am Wochenende viel Zeit in ihrem großen Garten und er vermisste das freie Leben in der Natur kaum noch.

Die ersten zwei Monate waren Evelyn und er bei seiner Schwester untergekommen. Marion hatte sich riesig über die Wiedervereinigung mit ihrem kleinen Bruder und die *Überraschung*, die er mitbrachte, gefreut. Gemeinsam feierten sie ein glückliches Weihnachtsfest. In den zwei Monaten schafften sie es, Andreas Haus, dass Evelyn geerbt hatte, zu verkaufen. Mit dem Erlös finanzierten sie ihr eigenes kleines Häuschen, das sie Anfang Januar beziehen konnten. Evelyn hatte es in den letzten drei Monaten liebevoll eingerichtet. Natürlich nicht mit ihrer alten Einrichtung. Evelyn hatte lediglich ihren Kleiderschrank mit ins neue Leben genommen.

Die Möbel von Andreas bekamen Fritz und Patrick, die nun in Sozialwohnungen in einem Hochhaus am Stadtrand wohnten. Nach den Ereignissen konnten auch sie nicht mehr unbeschwert im Wald leben. In regelmäßigen Abständen trafen sie mit Karl und Hermann in alter Tradition bei Vikram zum Essen ein.

In Vikrams und Evelyns gemeinsames Haus kam größtenteils Vikrams alte Einrichtung, denn Rolf hatte es nicht, wie von Vikram angeordnet, übers Herz gebracht, all seinen Besitz zu verkaufen, sondern seine Sachen eingelagert. Nur das Auto hatte er veräußert und das Geld in weiser Vorahnung angelegt. Nun konnten sich Vikram und Evelyn direkt einen neuen Gebrauchtwagen kaufen.

Andreas Kleidung hatten sie komplett dem Sozialladen vermacht. Als Dank für die vielen Jahre der Unterstützung. Eva hatte vielleicht Augen gemacht, als sie Vikram und Evelyn mit den vielen Kisten vor ihrer Tür erblickte. Sie strahlte übers ganze Gesicht und Vikram wusste nicht, ob sie wegen der vielen Klamotten oder doch wegen Evelyn so entzückt war. Auch Arno war begeistert von Evelyn und ihrer gemeinsamen Leidenschaft für Bücher.

Eine Rückkehr zu ihrer alten Arbeitsstelle in der Bücherei war momentan nicht möglich. Dafür kam Tabea häufig zu Besuch und unterstützte Evelyn bei den Vorbereitungen auf ihre neue Aufgabe.

»Meinst du wirklich, wir finden meinen Vater?« Vikram wendete sich Evelyn zu, die am Fenster saß und begeistert den ersten Flug ihres Lebens genoss. Sie drehte sich zu ihm.

»Ja, ich bin mir ganz sicher! Unser Kind soll wenigstens *einen* Opa haben!« Zärtlich streichelte Evelyn über die deutliche Rundung ihres Bauches und Vikram legte seine Hand auf ihre.

–Ende –

Ebenfalls erhältlich:

Helen und Michael Christopher

Sonne, Meer und Bea

Roman

»Es geht nach Indien!« Paul und Maja brechen zu
ihrem ersten gemeinsamen „Abenteuerurlaub" auf. Die
anfängliche Harmonie geht im Reisestress verloren. Am
Meer treffen sie Bea. Sie wirbelt die perfekt geglaubte
Beziehung durcheinander. Paul fühlt sich zu ihr
hingezogen, was Maja in die Hände von Peter treibt.
Maja wird von Eifersucht und Schuldgefühlen gequält.
Als sich die Wege mit Bea wieder trennen, versöhnen
sich Maja und Paul und genießen wie geplant ihren
Liebesurlaub zu zweit. Maja glaubt das Kapitel mit Bea
beendet, doch sie muss feststellen: Man trifft sich stets
zweimal.

Erhältlich als Taschenbuch
(ISBN 978-3-738-607376)

Kindergeschichten von der Autorin

(gemeinsam mit Michael Christopher)

Geschichten aus dem Schlampaland

① – Der Weihnachtskuchen

Mampfinchen liebt die Weihnachtszeit, denn dann gibt es viele Leckereien. Mampfinchen hat nämlich ständig Hunger und am liebsten mampft sie Kuchen. Wie gut, dass sie Malte hat, der mit ihr Plätzchen backt und mit ihr auf den Weihnachtsmarkt geht. Und dann hängen auch noch Honigkuchen am Weihnachtsbaum! Mampfinchen ist glücklich. Doch an Heiligabend muss sie um ihren Wunschkuchen vom Weihnachtsmann bangen.

② – Malte und Milchi (demnächst)

Eines Abends entdeckt Malte unter seinem Bett ein seltsames Wesen: niedlich, große Augen, weißes Fell und einem unbändigen Durst nach Milch. „Du musst ein Milchi sein!" Zusammen erleben Milchi und Malte Abenteuer. Und das wichtigste darf niemals fehlen: Milch!

Kleine Geschichten aus dem Wald

① - Die Geschichte vom kleinen Honigbären, der Hunger hatte

> *Es ist Frühling. Der kleine Honigbär wacht auf und bekommt Hunger. Begleitet den kleinen Honigbären auf seiner Suche nach etwas zu essen.*

② - Die Geschichte vom kleinen Elch, der sich verlaufen hatte

> *Es ist Sommer. Der kleine Elch spielt im Wald. Doch seine Neugierde führt ihn immer weiter weg von seiner Herde. Findet er den Weg nach Hause? Begleite den kleinen Elch und finde es heraus!*

③ - Die Geschichte von der kleinen Eule, die nicht mehr wusste, wer sie war (demnächst)

> *Es ist Herbst. Die kleine Eule fliegt vergnügt durch den Wald. Doch sie stößt mit einem Baum zusammen und vergisst wer sie war. Begleite sie auf der Suche nach ihrem Namen.*